UN FRANC LE VOLUME.

BIBLIOTHÈQUE CHOISIE DES CHEFS-D'ŒUVRE FRANÇAIS ET ÉTRANGERS

Comte de CAYLUS

CONTES

ET FACÉTIES

NOUVELLE ÉDITION PRÉCÉDÉE D'UNE NOTICE

PARIS

E. DENTU, LIBRAIRE-ÉDITEUR

PALAIS-ROYAL, 15-17-19, GALERIE D'ORLÉANS

BIBLIOTHÈQUE CHOISIE

DES

CHEFS-D'ŒUVRE FRANÇAIS ET ÉTRANGERS

XXIV

CONTES ET FACÉTIES

IMPRIMERIE GÉNÉRALE DE CHATILLON-SUR-SEINE. — A. PICHAT.

Cte DE CAYLUS

CONTES

ET FACÉTIES

NOUVELLE ÉDITION PRÉCÉDÉE D'UNE NOTICE

E. D.

PARIS

E. DENTU, ÉDITEUR

LIBRAIRE DE LA SOCIÉTÉ DES GENS DE LETTRES

PALAIS-ROYAL, 15-17-19, GALERIE D'ORLÉANS

1885

NOTICE SUR CAYLUS

———

L e comte *Philippe de Caylus appartenait à une des plus anciennes familles de France, dont la généalogie remontait, d'après un biographe complaisant, jusqu'à la Sainte Vierge.*

Nous n'irons pas si loin chercher les ancêtres de l'auteur des Facéties.

Son père était un gentilhomme un peu brutal, qu'un ordre du roi avait envoyé commander une brigade sur la frontière, « pour qu'il n'approchât, dit Saint-Simon, ni de sa femme ni de la cour ». Sa mort qui eut lieu en novembre 1704 fut une délivrance pour sa famille.

Le comte de Caylus, qui naquit à Paris en 1692, ne connut pour ainsi dire pas son père. Il fut élevé par sa mère, la marquise de Caylus, célèbre autant par sa beauté, son esprit, son mépris du décorum, *que par ses piquantes* épigrammes et ses amours avec le fils du maréchal de Villeroy. « Jamais, s'écrie Saint-Simon en parlant de madame de Caylus, un visage si spirituel, si touchant, si parlant, jamais une fraîcheur pareille, jamais tant de grâce ni plus d'esprit, jamais tant de gaieté et d'amusement, jamais créature plus séduisante. »

Avant de mourir, elle dicta à son fils des Souvenirs que Voltaire édita en 1770, et qui donnent sur la cour de Louis XIV une infinité de petits détails qui la fait mieux connaître que l'histoire.

Ce fut la mère de madame de Maintenon qui éleva le jeune comte Claude Philippe de Caylus avec un soin jaloux, au milieu de la société la plus brillante.

De bonne heure, Caylus entra dans la carrière des armes qui convenait à la vigueur et à la vivacité de son tempérament, à son esprit aventureux et téméraire, à son amour de l'imprévu. Il avait dix-sept ans lorsqu'il fit sa première campagne. Il se battit avec distinction à Malplaquet. Quand il revint, Louis XIV s'écria en l'apercevant, devant toute sa cour : « Voyez mon petit Caylus, il a déjà tué un de mes ennemis ! » Et il lui donna un guidon de gendarmerie. Nommé peu après mestre de camp d'un régiment de dragons, il se battit avec intrépidité en Catalogne. Une année plus tard, en 1713, nous le trouvons au siège de Fribourg, marchant un des premiers à l'attaque du chemin couvert.

La paix de Rastadt le jeta dans une inaction incompatible avec sa fougue et son besoin d'activité et de mouvement. Il quitta l'armée pour voyager. Il avait vu l'Espagne. Il alla en Italie ; et, en visitant les collections d'art, les églises, les monuments, une passion le prit tout entier, *la passion des fresques, des tableaux, des statues, la passion des beaux-arts.*

Ce n'était plus un militaire, c'était un artiste. En passant de Paris à Rome, la transformation avait été subite et complète.

En 1718, Caylus partit pour le Levant. Les pays de la lumière, les beaux pays caressés de soleil, l'attiraient. Pendant son séjour à Smyrne, il visita le fameux temple d'Ephèse.

« Vainement s'efforça-t-on de l'en empêcher, dit un de ses biographes, Lebeau, en lui présentant les dangers qu'il allait courir. Le redoutable Caracayali, à la tête d'une troupe de brigands, s'était rendu maître de toute la campagne, et portait l'effroi dans toute l'Anatolie. Caylus s'avisa d'un stratagème qui lui réussit. Vêtu d'une simple toile de voile, ne portant sur lui rien qui pût tenter le plus modeste voleur, il se mit sous la conduite de deux brigands de la bande de Caracayali, venus à Smyrne, où par crainte on les souffrait. Il fit marché avec eux, sous la condition qu'ils ne toucheraient leur argent qu'au retour. Comme ils n'avaient d'intérêt qu'à le conserver, jamais il n'y eut de guides plus fidèles. Ils le conduisirent, avec son interprète, près de leur chef, dont il reçut l'accueil le plus gracieux. Instruit du motif de son voyage, Caracayali voulut servir sa curiosité ; il l'avertit qu'il y avait dans le voisinage des ruines dignes d'être connues, et, pour l'y transporter avec plus de célérité, il lui fit donner deux chevaux arabes de ceux qu'on appelle chevaux de race. Le comte se trouva bientôt sur les ruines de Colophon. Il retourna passer la nuit dans le fort qui servait de retraite à Caracayali, et le lendemain il se transporta sur

le terrain qu'occupait anciennement la ville d'Éphèse.

Puis il revint à Constantinople, où il resta deux mois; et après diverses excursions qui le conduisirent jusqu'aux Dardanelles, il rentra en France le 27 février 1717.

Mais il ne put rester longtemps en place. L'année suivante, Caylus repartait [: il allait en Hollande et en Angleterre. Enfin, rappelé par la sollicitude de sa mère, il renonça à sa vie nomade et ne quitta plus Paris où il se livra tout entier aux beaux arts, à la musique, à la littérature. Il publia un magnifique ouvrage sur les pierres gravées du cabinet du roi, il écrivit des mémoires sur la peinture et l'encaustique, sur les embaumements des momies égyptiennes, sur le papyrus. « Son esprit sauteur et bondissant, disent MM. de Goncourt, va de l'art à la science et aux ressorts de l'art ; et le voilà qui conduit une décoration à l'Opéra, qui ne rêve plus qu'à renouveler la mécanique du théâtre, qui pèse les inconvénients de cette ferme des théâtres d'Italie derrière laquelle on bâtit la machine du tableau, qui songe à mener le spectacle beaucoup plus loin, à faire du grand, à joindre, pour la surprise et l'illusion, l'exactitude et l'imagination d'un poète et d'un peintre [1]. *Mais le dessin était son grand passe-temps. Il dessinait familièrement avec Watteau, usant de ses modèles et des leçons muettes de son crayon* [2]. *Aussitôt entré en relations avec M. Crozat* [3], *il avait été comme éclairé par les merveilles de son cabinet : quel service, s'il donnait*

1. *Lettre à l'abbé Conti.*
2. Abécédario *de Mariette, t. I.*
3. *Joseph-Antoine Crozat fit graver en 1729 les tableaux et dessins de sa collection, qui se trouvent réunis sous le titre de* Cabinet de Crozat. *Cette publication, après lui, a été continuée par Mariette et Basan.*

au public ces dessins, ces premiers jets de la main et de la
tête des grands génies ! quels exemples pour les peintres !
que de plaisir pour les curieux ! le noble et grand travail
de traduire, mot à mot, trait pour trait, ces coups de
plume où l'idée du maître, à peine née, vivante déjà, bé-
gaie et rit comme dans un berceau ! Le comte de Caylus
gravera donc, et il grave ; il grave sans peur, effronté-
ment, sabrant à grands coups les paysages italiens, ba
layant les grappes de feuilles, les paraphes de verdure,
les fabriques détachées du ciel blanc et vierge, les dessins
naïfs et rudes des Carrache. Les figures délicieuses et ju-
véniles du Guerchin se lèvent et sortent de sa main con-
tournées d'un trait large, appuyé, épaté, avec les ombres
des chairs reprises de caresses, de pointes faciles et gaies.
Puis les longues et volantes créatures du Parmesan, enle-
vées comme d'une aiguille légère et courante ; et la main,
la fameuse main qu'on croyait alors une griffure de Mi-
chel-Ange, les terribles esquisses de Rubens rendues à
outrance, les musculatures de Bandinelli accusées et res-
senties par la plume de roseau, les caricatures de Vinci et
les têtes carrées de Van Dyck. Et le cabinet de M. Crozat,
livré, donné à l'Europe par l'infatigable Caylus. Le cabinet du Roi était pillé pareillement et s'y prêtait de même ;
et de Raphaël et de Rembrandt, le faire, les procédés,
l'adresse ou le feu, la manière ou le style, le secret des
dessinateurs était par lui surpris et publié. »

Caylus trouvait encore le temps d'écrire des contes dans
le genre de Voisenon et de Crébillon fils, mais plus vrais,
plus réalistes ; ses facéties ont l'accent du peuple parisien
qu'il aimait à étudier dans son milieu, aux Halles et sur
la place Maubert.

« *La rue et son peuple, disent encore* **MM. de Goncourt** [1],
— *le peuple, voilà le monde après lequel court* **la pointe
d'Anne-Claude-Philippe de Tubières de Grimoard de Pes-
tels de Lévy, comte de Caylus, conseiller d'honneur, né
au Parlement de Toulouse, et sa plume aussi**. *La rue
avec son bruit, ses passants et son spectacle, ses costumes
et ses chansons, ses marchands et ses marchandes, et la
promenade des marchandises ; et le Noël assourdissant des
métiers, et le vacarme et le mouvement de Paris vendeur
et hurleur ; un monde ouvrier, le travail qui va, le porteur d'eau portant ses larges seaux, le petit commission-
naire avec son banc sous le bras, les veilleuses, les petites
laitières, les petites harengères, les casseurs de pierre, les
tonneliers, les rémouleurs, les scieurs de bois, les savetiers
et les montreurs de lanterne magique ; la porteuse de
bois, et l'écosseuse et le marchand de balais, et le marchand de peaux de lapins*. — Les Cris de Paris ! *feuilles
de papier aujourd'hui jaunies, qui sont tout le reste et
tout le souvenir, et tout l'écho de ce vaste aboiement qui
roulait chaque jour dans le Paris du* XVIIIe *siècle, ses
éclats et son vacarme, brouillant toutes les mélopées :* Ver-
jus ! Vinaigre ! — Mon bel œillet double ! — Café !
Café ! — La liste des gagnants de la loterie ! — Des
Ciseaux ! Des Couteaux ! — La Mort aux rats !

« *Le comte de Caylus écoute et regarde tous les jours par
sa fenêtre, ou, se promenant, par les rideaux des cabarets,
par les portes des fruitières, par les portières des fiacres,
par les trous de toile de ce grand spectacle : la vie de
Paris.* « *Les drôleries qu'il a vues sur le pavé de Paris,* »

1. *Portraits intimes du* XVIIIe *siècle*, Paris, 1858, t. II.

c'est l'annonce de l'histoire de M. Guillaume *le cocher,*
e c'est l'œuvre de Caylus.

« *Pendant que les lettrés épient à la porte des salons,*
les confessions galantes, les scandales bien nés, les jolis
romans, les mœurs du bel air, le train de la mode, le jar-
gon du bon ton ; pendant qu'elles sont tout occupées à
peindre une société de convention, d'apparence et de ma-
nière, dont l'âme est une forme ; pendant que le peuple
est hors des lettres, pendant que la critique juge que « *les*
personnages du quartier de la Halle et de la place Mau-
bert n'ayant point d'existence dans la société, leurs aven-
tures ne sauraient nous attacher [1], » M. *de Caylus attable*
résolument aux tables de la Glacière, à Chaillot, une
veine neuve, hardie, rabelaisienne et légère. Il habille aux
Halles la Comédie parisienne. Il montre des cœurs battant
sous les petites robes de satin sur fil. Il donne des histoi-
res cossues et pleines de gorges chaudes. Il promène dans
la grosse joie les Giroflées à cinq feuilles, et l'odeur des
beignets, des hommes et des femmes qui vivent sans savoir
vivre, aiment sans orthographe et se battent avec les
poings. Il les conte et les fait parler avec leur langue
grasse et forte en gueule. Il se plaît, s'amuse et s'attarde
aux scènes populaires, aux avalanches de pains de Gonesse
et d'aloyaux, aux masques de pain d'épice, aux danses et
aux culbutes grotesques, animant les foules d'individua-
lités comiques qui braillent et gesticulent au premier
plan, semant les contes à pouffer et le plus salé de l'es-
prit de la reine de Navarre.

« Ces Fêtes roulantes, ces Étrennes de la Saint-Jean,
et surtout cette délicieuse Histoire de M. Guillaume,
cette lanterne magique des mœurs basses et libres, ce ta-

bleau mouvant et parlant était né comme de lui-même, un applaudissement de mademoiselle Quinault l'avait dicté à Caylus. »

Mademoiselle Quinault était alors, vers 1742, la présidente d'une Académie gauloise, appelée la Société du bout du banc, *dont faisaient partie les esprits les plus fins et les plus spirituels du XVIIIe siècle : Voisenon, Moncrif, Salley, La Chaussée, Marivaux, Duclos, le grand prieur de Vendôme, Maurepas, etc. Chaque semaine on se réunissait chez la charmante comédienne qui obligeait ses convives à payer l'écot de ses soupers par des vers, des facéties et des contes.*

Caylus composa ses histoires pour cette joyeuse réunion où le mot propre qui est, comme on sait, le plus souvent le mot malpropre, n'effarouchait pas les oreilles. Et tandis que ses gros volumes sont tombés dans l'oubli, ce sont ces contes légers, ces histoires badines, qui lui font une place qu'il n'avait pas cherchée parmi les meilleurs conteurs de la prose gauloise !

HISTOIRE

DE

M. GUILLAUME,

COCHER

HISTOIRE

DE

GUILLAUME,

COCHER

M. GUILLAUME, AU PUBLIC

ONSIEUR *le Public, vous allez être bien étonné de ce qu'un homme de mon acabit prend la plume en main, pour vous faire participant de bien des drôleries qu'il a vues sur le pavé de Paris, où il peut dire, sans vanité, qu'il a roulé autant qu'un homme du monde qu'il y ait.*

Quoique je sois, à cette heure, un bon bourgeois d'auprès de Paris, cela n'empêche pas que je ne me souvienne toujours bien que j'ai été cocher de place, après de remise ; ensuite j'ai mené un petit-maître que j'ai planté là pour les chevaux d'une brave dame qui m'a fait ce que je suis au jour d'aujourd'hui.

Dans ces quatre conditions-là, j'ai vu bien des choses, comme je vous disais tout à l'heure, ce qui fait que je me suis mis à rêver, en moi-même, comment je m'y prendrais pour coucher ça par écrit.

Je n'ai pas bien la plume en main, à cause du fouet d'autrefois, qui me l'a corrompue ; mais quand j'aurai écrit ce que j'ai envie d'écrire, je le ferai récrire par un écrivain des Charniers que je connais, du temps que j'étais à la Ferronnerie.

Je sais ce que je vas vous dire, pour en avoir vu plus de la moitié de mes propres yeux, moi qui vous parle, quand je menais l'équipage.

Les gens qui vont dans un fiacre, tout partout où ils veulent aller, ne prennent pas garde à lui ; ça fait qu'on ne se cache pas de certaines choses qu'on ne ferait pas devant le monde.

Mais, comme, il y a très bien de ces affaires-là que je sais, je n'étais pas mal embarrassé par qui commencer, et puis ça aurait fait tout dès d'abord un trop gros livre. Je me suis avisé, avec l'écrivain duquel je vous ai parlé, qu'il fallait, pour ne pas faire d'embarras, vous en couler quatre l'une après l'autre.

Premièrement, d'abord et d'un, je commencerai par l'histoire de Mamzelle Godiche, qui lui est arrivée dans le temps que j'étais à la rue Mazarine, à la Glacière, à Chaillot, avec le fils d'un marchand de l'Apport-Paris.

Par après, je vous lâcherai l'affaire de la femme de ce notaire avec un gros commis de la douane, à la foire Saint-Laurent, quand j'étais remisier.

Pour ce qui est de la troisième, ce sera l'histoire de Monsieur le chevalier Brillantin, qui ne m'a jamais payé mes gages qu'à coups de plat d'épée, pendant que j'ai mené sa diligence.

Et en fin finale, vous aurez celle de Madame Alluin, ma bonne maîtresse, qui m'a laissé de quoi vivre, avec Monsieur l'abbé Évrard, duquel elle vit son bec-jaune, comme vous le verrez vous-même à la fin du présent livre.

Par ainsi, ça f'ra quatre aventures d'amourettes. Si ceux-là vous plaisent à lire, je vous en détacherai encore d'autres, qui ne seront pas moins chenues.

HISTOIRE ET AVENTURE

De Mamzelle Godiche la co euse.

Comme j'étais un jour de l'après-dînée à attendre le chalant à la Mazarine, voilà que je
vois qui vient à moi, une petite jeune demoiselle bien gentille, qui me demande : Mon ami,
qu'est-ce que vous me prendrez pour me mener au
Pont-Tournant ? — Mamzelle, ce lui fis-je, vous êtes
raisonnable. — Oh, point du tout, ce fit-elle, je veux
faire marché. — Eh bien, vous me donnerez vingt-
quatre sols, la pièce toute ronde. — Oui-dà, qu'il est
gentil avec ses vingt-quatre sols ! il n'y a qu'un pas. Je

vous en donnerai douze: tenez, j'en mettrai quinze ;
si vous ne voulez pas, je prendrai une brouette.
— Allons, mamzelle, montez. Vous donnerez de
quoi boire. — Oh, pour cela non, ne vous y atten-
dez pas : c'est bien assez... Eh mais ! dites donc,
l'homme, tirez vos vitres, il fait tout plein de vent (il
ne soufflait pas); cela me défriserait ; et ma tante
croirait que j'ai été je ne sais où. — Je tire mes gla-
ces de bois, et nous voilà partis.

Tout vis-à-vis des Théantins, v'là-t-il pas qu'une
glace tombe dans la coulisse de la portière, et j'entends : Cocher, cocher, relevez donc votre machine
qui est tombée !

Pendant que je la relève, il passe par là un dit petit
monsieur, qui regarde dans ma voiture, et qui dit
tout d'abord : Ha ! ha! c'est mamzelle Godiche ! eh,
mon Dieu ! où allez-vous donc comme cela toute
seule ? — Monsieur, je vais où je vais, ce n'est pas
là vos affaires, répondit-elle. — Ah ! pour cela, re-
prit-il, vous avez raison ; mais vous sentez fort, mademoiselle, qu'une demoiselle comme vous, qui va
dans un fiacre l'après-midi, toute seule, ne va pas
coiffer des dames à cette heure.

C'est ce qui vous trompe, monsieur Galonnet, répli-

qua Godiche; et cela est si vrai, que voilà un bonnet
que je ne fais que de monter, pour le porter à une
dame, pour aller au paradis de l'Opéra.

A la vérité, la petite futée tire de dedans sa robe
un escoffion qui était dessous ; et le monsieur, le
voyant, tire une révérence en riant, et s'en va.

Pour cela, dit mademoiselle Godiche, après qu'il
fut parti, les hommes sont bien curieux ! aussi pourquoi votre chose ne ferme-t-elle pas bien? C'est le
fils d'un tailleur de notre montée, qui ne va pas
manquer de l'aller dire partout. C'est la plus mauvaise langue du quartier, et ses bégueules de sœurs
aussi : parce qu'on se met un peu plus proprement
qu'eux tous, il semble qu'on soit une je ne sais qui.
Il faut que je sois bien malheureuse de l'avoir rencontré là ! Tenez, voilà vos quinze sols ; je ne veux
plus aller dans votre vilain carrosse. Ah ! mon Dieu !
qu'est-ce qu'on va dire? Si ma tante sait cela, je suis
perdue ! Eh bien, vous voilà comme une bûche de
bois, me dit-elle, à moi qui l'écoutais sans mot dire,
allez donc où je vous ai dit; il en arrivera ce qui
pourra : il faut bien que je porte ma coëffure, une
fois; cette dame m'attend : dépêchez-vous donc.

Nous voilà allés. Nous arrivons au Pont-Tournant,

où il n'y avait non plus de dame à sa toilette que
dans le creux de ma main. Mamzelle Godiche regarde à droite, à gauche, et tout partout. A la fin,
elle me dit : Mon ami, voulez-vous que je reste dans
votre carrosse, jusqu'à ce qu'un de mes cousins, qui
doit me mener quelque part, quand j'aurai été chez
chez cette dame, soit venu ? Je vous donnerai quelque chose pour cela. — Volontiers, lui-dis-je, mademoiselle, car j'avais pris de l'affection pour elle ;
et puis j'étais bien aise de voir son cousin, que je
me doutais bien qui ne l'était pas plus que moi.

Au bout d'un grand quart d'heure, je vois venir
un grand jeune homme, qui vient dare, dare, du
côté de la porte Saint-Honoré. Je le montre à
mamzelle Godiche : N'est-ce pas là votre cousin ? —
Eh, oui vraiment ! appelez-le, car il ne sait pas que
je suis en carrosse. — Je cours après le cousin, qui
s'en allait enfiler le chemin de Chaillot ; et je lui dis :
Monsieur, il y a là mamzelle votre cousine Godiche
qui voulait vous parler un mot. Aussitôt après m'avoir
dit grand merci, il s'en court à mon carrosse, monte
dedans, et voilà mes gens à chuchoter comme des
pies-borgnesses, pendant longtemps. A la fin ils me
disent que je les mène dans quelque bon cabaret de

ma connaissance ; et que je serai content d'eux, si je veux les attendre pour les ramener à Paris, quand ils auront mangé une salade. En même temps le monsieur, pour me faire voir que c'est de bon franc jeu, me coule dans la main une roue de derrière, à compte.

Je leur proposai de les mener chez la veuve Trophée, à l'entrée du Cours ; mais ils trouvèrent que c'était trop près du soleil. Je leur parlai ensuite de la Glacière à Chaillot, ou de madame Liard au Roule ; mais ils aimèrent mieux la Glacière, où je les débarquai en peu de temps.

Comme je me doutais bien du cousinage que c'était, je fis signe à la maîtresse, qui entend le jars, autant qu'il se puisse ; et elle les fit mettre dans un petit cabinet en bas sur le jardin.

Pour ce qui est de moi, je vous range mon carrosse ; et comme il y avait bien des écots, j'ôte les coussins, que la maîtresse du cabaret va porter dans la chambre où était mon monde, afin que personne ne les prenne.

Au bout d'environ près de deux heures, mamzelle Godiche eut envie de prendre l'air dans le jardin ; son cousin y vint avec elle, et ils se mettent à regarder danser. Pendant ce temps-là, j'étais avec deux de mes amis de ma connaissance, dont il y en a un soldat des petits corps, et nous buvions une pinte de vin, en mangeant le reste d'une fricassée de poulets, que le cousin et la cousine m'avaient donnée dans le jardin, avec de la salade qui restait, de façon que que nous ne faisions pas si mauvaise chère.

Comme nous n'étions pas bien loin de la danse, je vis que l'on venait prier mamzelle Godiche pour un menuet; ensuite elle prit son cousin, et ils se mettent à danser ensemble fort gentiment.

Dans le temps qu'ils n'y prenaient pas garde, à cause de la danse, voilà M. Galonnet qui arrive avec deux autres et deux demoiselles. D'abord, une de ces demoiselles lui dit, comme ils passaient auprès de nous : Tiens, mon frère, la voilà qui danse avec son amant de l'Aulne. — Ah, la petite chienne, répond-il, je m'en suis bien douté ; quand j'aurai bu un coup, j'irai la prier à mon tour.

Ce qui fut fait : c'te pauvre mamzelle Godiche devint toute blême, et M. de l'Aulne tout pâle, quand M. Galonnet la voulut prendre pour danser, bien poliment, le chapeau d'une main, et un gant blanc dans l'autre.

Je voyais bien qu'elle avait envie de le refuser ;

mais je vis bien aussi qu'elle n'osait pas parce qu'elle
avait dansé avec un autre, et que ça aurait pu faire
du bruit, comme M. Galonnet ne demandait pas
mieux, à sa mine, d'autant plus que cela ne se fait
pas, parce que c'est un affront qu'on boit en plein
cabaret.

Avec tout cela, elle danse ni plus ni moins que si
elle avait été bien aise. Et, pour faire voir à M. Galonnet qu'elle ne se souciait guère de lui, elle reprit
M. de l'Aulne, au lieu d'un de ceux qui étaient arrivés avec lui, qui étaient deux garçons tailleurs,
comme ça se pratique envers les nouveaux venus
qui n'ont pas encore dansé.

Les demoiselles qui étaient venues avec M. Galonnet, dont l'une, qui avait le visage comme un verre
à bière, était sa sœur, et l'autre était bancale, s'é-
taient mises à une table auprès de la nôtre. Et
j'entendais que la grêlée disait, en parlant de mamzelle Godiche : Pour cela, il faut que cette petite
créature-là soit bien effrontée de venir toute seule
avec son amant dans un cabaret ; je n'y viendrais
pas, moi, pour je ne sais pas quoi, devant tout le
monde, comme elle fait. — Oh, dam', dit la bancale,
c'est qu'elle est bien aise de faire voir sa belle robe

de satin sur fil, qui, je crois, ne lui coûte guère. — Bon, répond l'autre, je parie que c'est ce nigaud de de l'Aulne qui aura volé cela chez son père. Il voulait autrefois m'en conter; mais il a bien vu qu'il n'avait pas affaire à une Godiche; en vérité, il convient bien à une petite souillon comme elle de porter une robe garnie avec un mantelet à coqueluchon. Je n'en porte pas, moi, et je suis pourtant fille d'un maître tailleur, qui est le principal locataire de notre maison ; et puis, avec ce que je gagne de ma couture, il ne tiendrait qu'à moi d'en avoir si je voulais ; mais c'est qu'il n'y a que ces gens-là d'heureux. Mon cher père a bien envie de mettre tout ce train-là dehors ; aussi bien sa tante ne paye pas trop bien son terme. Oh mais! tiens, regarde donc, Gogo, dit-elle tout de suite, comme elle se déhanche en dansant! ne dirait-on pas une fille d'Opéra?

Ah! pour cela, dit l'autre, je serais bien fâchée de danser comme elle ; tu sais bien, Babet, la dernière fois que nous étions au Gros-Caillou : eh bien ! est-ce que je dansais avec des contorsions pareilles? et si pourtant je n'ai jamais appris. — Pour moi, dit Babet, défunt ma chère mère m'a fait apprendre, pendant plus de trois mois, par le maitre de ballet de M. Colin, de la Foire, à qui l'on donnait vraiment trente bons sols par mois, en arrière de mon cher père ; on lui disait que c'était un ami de mon frère qui nous montrait pour rien.

Ce monsieur-là nous faisait entrer quelquefois, les fêtes et les dimanches dans le jeu de M. Colin, qu'il ne nous en coûtait rien, à ma sœur Gotton et à moi ; eh bien ! il y avait là des filles qui dansaient tout comme Godiche, sur le théâtre. Fi ! que c'est vilain pour une honnête fille ! aussi je regarde cela comme la boue de mes souliers. Va, va, n'aye pas peur que je la salue jamais la première.

Oh mais ! dit Gogo, pendant que Babet reprenait son vent, c'est que comme elle est un peu gentille, cela s'imagine... — Qu'appelez-vous donc gentille, mamzelle, reprit vitement Babet, au risque d'étouffer ? Pardi ! tu es encore une belle connaisseuse de chat ! Est-ce parce qu'elle a de grands yeux noirs ? Oh ! c'est que tu n'as pas vu qu'on dirait qu'elle louche. Si je voulais mettre de la petite boite, est-ce que je n'aurais pas de la couleur comme elle ? Tiens, Gogo, ne me parle pas de ces petits nez retroussés ; et puis elle pince toujours la bouche, sans cela serait-

elle si petite ? Godiche n'est pas mal faite, faut tout
dire ; mais elle n'est pas si grande que moi. As-tu
vu comme elle s'habille court ? — Oh ! voilà ce que
je ne saurais souffrir, dit brusquement la bancale,
rien n'est plus vilain. — Est-ce que tu ne vois pas
que c'est pour faire voir ses fuseaux de jambes, reprit
Babet, et un pied qu'on croirait qu'elle va tomber à
chaque bout de champ ?

Tout cela est vrai, dit Gogo, qui y allait plus à la
franquette : mais cela n'empêche pas que les messieurs
ne lui fassent les yeux doux. Et puis elle a peut-être
de l'esprit ? — Ah ! c'est là où je t'attends, avec ton
esprit ; ce n'est qu'une étourdie, et sans quelques
petits mots de broustilles, que ces vilains hommes
aiment à entendre dire à une fille, elle serait plus
bête qu'un pot, qu'une cruche. Oh ! je t'assure
qu'avec toute ma grêle, je ne me donnerais pas pour
elle, ajouta Babet en se redressant dans son corps ;
et puis tout de suite : Mon Dieu ! peut-on être
décolletée comme cela ? C'est pour faire voir sa belle
carcasse ; je serais bien fâchée de me débrailler
comme elle : et si, sans vanité... Mais ne parlons
plus de cette petite bégueule-là ; j'aurais pourtant
bien envie de lui dire son fait.

Mamzelle Godiche, ayant dansé tout son bien aise,
s'en allait avec M. de l'Aulne dans leur chambre ;
mais il fallait passer par-devant Babet, qui, pour commencer la dispute qu'elle voulait lui chercher, lui
dit, en passant, et si pourtant elle ne voulait pas la
saluer la première : Bonjour, mamzelle Godiche,
comment vous portez-vous ? — A votre service, mamzelle Babet... vous voilà donc ici ? — Vous voyez,
mamzelle, tout aussi bien que vous. — J'en suis bien
aise... Cela me fait plaisir. — Vous avez là une robe
d'un joli goût, dit la couturière. — Et la vôtre,
répond la coiffeuse, elle me paraît bien choisie.
N'est-ce pas de ces petites étoffes à cinquante sols ?
Pour moi, la mienne me coûte trois livres cinq sols,
et à bien marchander encore. — Oh dam'! tout le
monde ne peut pas en avoir de si belle que mamzelle
Godiche, dit Babet, en riant du bout des dents,
comme saint Médard. — J'en fais faire une de
taffetas ; si vous n'aviez pas eu tant d'ouvrage, mam_
zelle Galonnet, je vous l'aurais donnée à faire. —
Oh ! je ne suis pas assez fameuse couturière pour
une demoiselle comme vous. — Bon, vous voulez
badiner ; puisque je monte vos bonnets, vous pouvez
bien faire mes robes. — Vous ne m'en avez guère

2

monté, toujours. — Cela vous plaît à dire, à telles
enseignes que vous m'en devez encore deux ou trois.
— Moi, je vous dois des montures de bonnets? Allez,
allez, mamzelle, songez plutôt à payer à mon cher
père votre terme de sept livres dix sols. — Cela fera
à-compte, mamzelle, cela fera à-compte. — Vous
feriez bien mieux de payer vos dettes, que de porter
la robe garnie, et le mantelet... — Allez, mamzelle,
ce n'est pas à vos dépens. — Vraiment, si on ne vous
en donnait pas, où les prendriez-vous? Ce n'est pas
à monter des bonnets qu'on gagne tant. — C'est que
vous n'avez pas assez de mérite pour en gagner. —
Je serais bien fâchée de l'avoir comme vous, bonne
petite hardie! — C'est vous qui êtes une effrontée!

Ma bourgeoise n'eut pas plus tôt lâché la parole,
que Babet Galonnet, qui la trouva tout juste au bout
de son bras, vous lui couvrit la joue d'une giroflée à
cinq feuilles, qui claqua comme mon fouet.

Tout le monde qui était là, nous demeurons
comme des statues; il n'y eut que M. de l'Aulne qui
dit à Babet : En vérité, mamzelle, ce que vous faites
là ne se fait pas, et si ce n'était que vous êtes une
fille, je vous ferais bien voir... — Que vous êtes sot,
mon petit monsieur, répondit la couturière : allez,

j'avertirai votre père que vous le volez pour dépenser votre argent avec ces créatures.

Jusques-là, mamzelle Godiche s'en était prise à ses yeux du soufflet de sa joue ; mais quand elle se vit appeler créature, elle montra à la grêlée qu'elle avait la langue bien pendue ; elle se mit à vous lui dégoiser les dix-sept péchés mortels : en sorte que la couturasse se jette sur elle, lui arrache son morillon plus vite que le vent, et le trépigne aux pieds, dans de l'eau qui était par terre, en sorte qu'il n'était que de boue et de crachat.

Elle veut après lui sauter aux yeux, car je voyais bien qu'elle avait envie de défigurer sa physionomie, qui n'était pas grêlée comme la sienne ; mais M. de l'Aulne se fit égratigner à la place de sa cousine de vendange.

Pendant ce temps-là, le petit Galonnet et ses camarades avaient quitté une contredanse, pour venir voir ce que c'était ; et comme il vit M. de l'Aulne qui tenait sa sœur par les mains, pendant qu'elle lui donnait des coups de souliers sur les guibons, il se mit dans la tête qu'il la battait, en sorte que, pour l'en empêcher, les trois tailleurs se mettent à vous lui rabattre les coutures, pendant que mamzelle Godiche faisait des cris de Merlusine.

Oh dam' ! quand je vis cela, je ne fus ni fou ni étourdi ; je dis à mes amis : Ne laissons pas sabouler mes bourgeois. Ils ne demandaient pas mieux ; par ainsi, nous tombons sur les mangeurs de prunes, que c'était comme une petite bénédiction.

Notre soldat avait tiré sa guinderelle, l'autre était un rude cannier, et moi, avec mon fouet, nous donnions sur les tronches et les tirelires, pendant qu'ils se défendaient avec les tabourets du jardin. J'avais donné un fier coup du gros bout de mon fouet sur les apôtres, à un qui voulait me prendre par les douillets ; mais je vous le plaque à plate terre, comme une grenouille, qui ne remuait ni pied ni patte.

En fin finale pourtant, on nous sépare à la fin, et qui eut l'œil poché au beurre noir, c'était pour son compte.

Pendant la batterie, mon bourgeois et ma bourgeoise étaient retournés dans leur chambre, où nous allons leur dire qu'ils ne craignent rien, parce que nous sommes bons pour tous les pique-poux.

Mamzelle Godiche pleurait, comme si elle avait

perdu tous ses parents, et son cousin la consolait. Il nous fit avaler plus de la moitié d'une bouteille à quinze, qui n'en valait pas six, comme c'est la coutume.

Il n'y avait pas moyen que mamzelle Godiche pût remettre son tortillon, qui n'était que de boue ; mais elle s'atintela bien proprement avec celui de cette dame du Pont-Tournant, en sorte qu'il n'y paraissait pas.

Comme elle était toute honteuse, nous attendons que la cohue fût passée, et puis elle avait peur de la grêlée, qui lui avait dit qu'elle n'en était pas encore quitte, et que sa tante le saurait, pas plus tard qu'à ce soir.

Sur les dix heures du soir, je mets mes chevaux et mes coussins, et nous allons grand train dans la rue des Cordeliers, où demeurait Godiche. Mes camarades étaient à côté de moi ; puis je ramène M. de l'Aulne à l'Apport-Paris, où il me donna encore un gros écu, et vingt-quatre sols pour le rogome, que nous lavons chez M. de Capelain.

Il y a bien apparence que la tante de mamzelle Godiche lui aura chanté le *te Deon* raboteux ; mais il paraît qu'elle s'est fichée de ça ; car je l'ai vue, du-depuis, sur le pied français, et je l'ai menée bien souvent avec des plumets galonnés.

Elle m'a bien reconnu depuis ce temps-là ; et j'avais toujours pour boire avec elle ; car quoiqu'elle fût avec des gens du haut style, elle n'en était pas plus fière envers mon égard.

HISTOIRE DE M. BORDEREAU

COMMIS A LA DOUANE

Avec Madame Minutin.

M. Périgord, mon pays, pour qui je menais le carrosse, étant mort, sa veuve se défit de tout, de sorte que me voilà sur le pavé. J'allai me proposer à un de mes amis qui louait des remises dans la rue des Grands-Augustins. Comme j'avais un bon habit sur le corps, il me donna un équipage à mener. J'allais, tous les jours l'après-dînée, prendre M. Bordereau, qui était un des gros de la Douane, chez lui pour le mener tantôt d'un côté, tantôt de l'autre, et presque toujours avec des dames, que ce n'était pas de la guenille.

Un jour, je le mène au bout du cul-de-sac de l'Orangerie, d'où il entre dans les Tuileries, et nous restons à jaser, son laquais et moi, de choses et d'autres ; et comme il me disait souvent les tenans et aboutissans des maîtresses de son maître, qui en avait tous les jours de nouvelles, je lui demandai s'il connaissait celle que nous venions chercher, et où je la mènerais. — Je n'en sais, ma foi, rien, répondit La Fleur, (c'était son nom) ; tout ce que je sais, c'est qu'il est venu ce matin une espèce de femme de chambre qui a été longtemps avec lui, et qui lui a dit, en sortant, que sa maîtresse se trouverait aux Tuileries sur les quatre heures du soir.

A peine La Fleur avait-il fini, que nous voyons M. Bordereau avec deux dames qui le suivaient, dont La Fleur en reconnut une pour la femme de chambre de ce matin.

Quand ils sont dans l'équipage, ils ne savent où aller. A la fin pourtant, c'est à la foire Saint-Laurent où je les débarque. Après que le laquais les a conduits dans le jeu de l'Opéra-Comique, il vient me retrouver ; je me range, et donne mes chevaux à garder ; de là nous allons tous deux nous promener et boire un coup dans la foire.

Quand le jeu est prêt à finir, La Fleur va trouver son maître, et moi mes chevaux ; puis il vient me redire après, que je ne m'impatiente pas, parce que M. Bordereau va souper avec sa compagnie chez Dubois ; je redonne encore mes chevaux à garder, je le retrouver dans ledit endroit, parce que là ce n'est pas la manière que les laquais servent à table.

Nous nous attendions bien, La Fleur et moi, à souper des restes, quand ils seraient au dessert ; mais nous manquâmes de faire des croix de Malte, comme vous allez voir.

Madame Dubois avait mis M. Bordereau et ces dames dans une salle à rideaux au fond du jardin ; on apporte le souper ; et nos gens faisaient bonne chère, quand voilà qu'il arrive un milord d'Angleterre avec mademoiselle Tonton, de l'Opéra-Comique, une de ses amies et un bourgeois de leur compagnie, vêtu de noir. Tout cela demande aussi à souper, et on les campe dans un petit cabinet vitré, à l'entrée du jardin

En attendant les restes pour souper, nous nous amusions, La Fleur et moi, à creuser une bouteille de vin, sur le compte de notre bourgeois, dans un cabinet auprès de la salle ; et dans ce temps-là

M. Bordereau et mademoiselle Tonton, qui avaient
envie de quelque chose, sortent chacun de leur
endroit pour aller dans un coin, de sorte qu'ils se
rencontrent nez à nez au clair de la lune.

La Fleur m'avait dit, en voyant entrer mademoiselle
Tonton, que son maître l'avait eue de louage ; mais
qu'il l'avait quittée à cause qu'elle le menait un
train de chasse.

Mademoiselle Tonton reconnaît tout d'un coup
mon bourgeois ; et elle lui dit, de façon que nous
l'entendions : Ah ! ah ! c'est vous, M. Bordereau ! eh
mais, vous n'êtes pas ici tout seul ? vous y soupez
donc ? c'est fort bien fait à vous ; laquelle de nos
sœurs est de la partie ? car vous êtes un coureur de
biches. — Je n'en connais point, mademoiselle, répond
M. Bordereau, depuis que je ne cours plus après
vous. — Vous êtes un insolent, mon gros ami, répliqua l'autre ; et peu s'en faut que, pour payer
l'insulte que vous me faites, je ne vous fasse donner
une volée de bâton. — Vous avez donc là quelque
faraud ? dit M. Bordereau. — Oui, oui, j'en ai, petit
faquin de commis, et tu le vas voir. Alors elle se
mit à crier à pleine tête : A moi, milord, à moi ! on
m'insulte.

Tout aussitôt voilà le milord, l'autre fille et ce monsieur qui accourent pour voir ce que c'est. Vengez-nous, milord, dit Tonton, d'un misérable caissier qui ose me traiter comme une malheureuse, et vous comme un gredin. Allons donc, milord, allons donc, disait-elle en le poussant, et voyant qu'il ne se mouvait guère, donnez-lui vingt coups de barre.

Vous êtes un sot, dit tranquillement l'Anglais à M. Bordereau. — Il allait s'en aller après cela ; mais mademoiselle Tonton le retint, lui disant : Comment, milord, est-ce ainsi que vous soutenez la réputation des dames ? — Que voulez-vous que je fasse, mamzelle, lui dit-il, quand j'aurai coupé son visage à cet homme, vous serez toujours une danseuse de l'Opéra-Comique.

Tonton allait lui répondre sur le bon ton, quand nous entendons un bacchanal du diable dans la salle, où l'on cassait les bouteilles, les verres, et qu'on faisait voler les plats dans le jardin. C'était l'habillé de noir qui faisait tapage, à cause qu'il était le mari de la dame de mon bourgeois. On entre comme il donnait des coups de pied au cul, et des noms qui n'étaient ni beaux ni honnêtes, à la chambrière de sa femme, qui chiait des yeux dans un coin.

Cette querelle-là fit cesser l'autre. — Cela est plaisant, dit Tonton, qui ne pensait plus à son affront ; comment, monsieur Minutin, les femmes de notaires courent donc le marché des filles du monde? — Ce mot-là fit élever le mari comme une soupe au lait ; il voulait se jeter sur sa femme ; mais monsieur et madame Dubois, qui avaient peur du scandale, à cause de la police, se jettent sur lui, et vous le prennent à brasse-corps, qu'il ne pouvait plus remuer que la langue, qui disait les plus belles choses du monde.

A la fin, pourtant, il s'apaise petit à petit, parce que madame Dubois lui remontre en douceur qu'il a tort encore plus que sa femme, qui n'était là que pour la première fois, tandis qu'il y venait tous les jours avec le tiers et le quart.

Pour toute conclusion du bacchanal, on rapporte du vin, et on fait boire l'homme et la femme pour les repatrier ensemble. M. Bordereau dit son nom à M. Minutin, et offre de lui faire plaisir à la Douane et ailleurs, quand il aura besoin de son coffre-fort : Ne prenez point d'ombrage de tout ceci, monsieur Minutin, dit mon bourgeois ; car, en vérité, il n'y a pas de mal. J'ai vu avant-hier madame votre épouse,

pour la première fois, par hasard, à la Comédie ;
nous avons parlé de l'Opéra-Comique, et elle m'a
fait l'honneur d'en accepter une partie. J'ai eu
toutes les peines du monde à lui faire agréer le
souper que vous avez jeté par terre ; mais il en faut
commander un autre, car apparemment vous avez
faim. — Oh ! point du tout, monsieur, dit le notaire ;
mais c'est qu'en vérité, si on vient à savoir cela, je
suis tout à fait perdu dans le corps.

N'ayez pas peur, allez, monsieur, dit madame
Dubois, je ferai en sorte que mademoiselle Tonton
et sa camarade n'en parlent point. Je sais comment
je m'y prendrai pour les faire taire ; à l'égard du
milord, c'est un baragouineux qu'on ne croira pas
quand une femme comme moi parlera tout au contraire de lui.

Le milord et les deux filles étaient déjà rentrés
dans le cabinet, sans s'embarrasser du notaire, quand
ils avaient vu que le grabuge s'apaisait ; et mademoiselle Tonton, qui n'avait non plus de fiel qu'un
pigeon, trouvait que le souper de quatre était excellent
pour trois.

Le nouveau souper venu, on se mit à table ; et
comme il n'y avait plus rien à dire en particulier,

La Fleur et moi, on nous fit servir, et c'est là que s'est fait la conversation de l'accommodement que vous allez voir.

J'avais écrit cela, comme le reste, à ma manière ; mais comme chacun parlait à son tour, cela faisait un embrouillamini de dit-il, répondit-il, répliqua-t-il, ajouta-t-il, continua-t-il ; de façon que je n'y connaissais rien moi-même ; cela m'embarrassait beaucoup ; mais mon écrivain du Charnier m'a donné une ouverture pour éviter l'embrouille ; c'est de coucher sur le papier ce discours-là par demandes et par réponses, tout comme quand on vous parle à la Comédie ; c'est ce que je vais faire ; retenez bien seulement qu'ils ne sont que trois qui parlent, parce que la chambrière, La Fleur et moi, nous écoutons sans souffler le mot.

Voilà comme cela a commencé par M. Bordereau.

M. BORDEREAU.

En vérité, monsieur Minutin, je suis charmé d'avoir fait la connaissance d'un homme comme vous ; je me ferai toujours un vrai plaisir de vous obliger.

M. MINUTIN.

Monsieur, vous me faites bien de l'honneur ; 'accepte, de tout mon cœur, vos offres de service.

Le temps est si dur, qu'on ne peut se soutenir sans le secours de ses amis ; et surtout dans nos charges ; c'est pourquoi nous voyons tant de mes confrères faire la culbute.

M. BORDEREAU.

Cela est vrai, au moins ce que vous dites, monsieur Minutin ; mais aussi on dit que vous le prenez sur un ton si haut...

M. MINUTIN.

Comment voulez-vous faire autrement? Ne faut-il pas soutenir noblesse? Savez-vous ce qui nous tue? C'est la dépense de nos femmes.

MADAME MINUTIN.

Mon petit nez, je ne dois pas être comprise dans le nombre.

M. MINUTIN.

Tout comme une autre, madame Minutin, tout comme une autre.

MADAME MINUTIN.

Voudriez-vous que j'allasse comme une procureuse?

M. BORDEREAU.

Fi donc!

M. MINUTIN.

Il faut aller selon son état ; il semble que vous ne vous souveniez plus de ce que nous avons été.

M. BORDEREAU.

Je serais bien aise de savoir cela, si cela ne vous faisait point de peine.

M. MINUTIN.

Point du tout; je ne suis point de ces gens qui cachent ce qu'ils ont été, après avoir fait fortune.

M. BORDEREAU.

Cela est bien glorieux pour vous. Pardi, contez-nous donc un peu votre histoire, monsieur Minutin; je parierais cent pistoles qu'elle nous ferait rire.

M. MINUTIN.

A la bonne heure, je vais donc vous exposer...

MADAME MINUTIN.

Non, non, laissez-moi exposer à monsieur...

M. BORDEREAU.

Oui, je crois que ce sera plus drôle de la part de madame.

M. MINUTIN.

Il faut donc la laisser jouir de ses privilèges, au désir de la coutume de Paris.

M. BORDEREAU.

Je vous aime de cette humeur, monsieur Minutin... Je crois que nous ferons de bonnes affaires ensemble; car je suis quelquefois un croustilleux corps, tel que vous me voyez. Allons, à nos santés; aussi bien c'est trop parler sans boire. Du vin comme de l'eau! Commencez, madame, s'il vous plait; j'écoute de toutes mes oreilles.

MADAME MINUTIN.

C'est au hasard que nous devons notre fortune : avant mon mariage, je n'étais qu'une simple grisette, fille de boutique chez une marchande de modes, de la rue Saint-Honoré. J'ai, comme vous voyez, un visage assez mettable; c'était toute ma ressource. M. Minutin était alors chancelier de la basoche. Fille de boutique et clerc font volontiers connaissance. A la première vue de monsieur, l'amour fit évanouir les espérances de fortune que j'avais fondées sur mes attraits. Tous deux libres, et n'ayant à rendre compte de nos actions à personne, nous nous crûmes en droit de disposer pleinement de nous. Je plantai là ma marchande; il fit banqueroute à la basoche, et le Port-à-l'Anglais vit allumer le flambeau de notre hyménée.

M. BORDEREAU.

C'était, ma f   ien s'y prendre.

DAME MINUTIN.

Les agrément   nt nous étions, pour ainsi dire,

3

pétris l'un et l'autre, ne nous faisaient pas vivre plus
à l'aise.

M. BORDEREAU.

Cela se peut-il?

M. MINUTIN.

Rien n'est plus certain.

M. BORDEREAU.

Si je vous avais connu dans ce temps-là, vous n'auriez pas été si en peine; je vous aurais fait avoir une
belle et bonne commission; et vous seriez peut-être
comme moi à présent. Je n'ai pourtant jamais été
marié; mais c'est que je me suis poussé d'un autre
côté.

M. MINUTIN.

J'étais trop jaloux de ma femme pour en faire une
ressource; j'eus recours aux expédients; quelques-uns
me réussirent, d'autres me manquèrent. Je me fis
enfin solliciteur de procès. Un usurier se réfugia chez
moi, avec ses larcins; je les recueillis l'un et l'autre :
on instruisait le procès du fugitif, quand une voisine
babillarde le décela. La justice se transporta dans
mon domicile, s'empara de l'homme, et me saisa
les effets. L'accusé mourut en prison. Comme à
sa mort, il avait gardé le *tacet*, je me trouvai habile
à succéder.

M. BORDEREAU.

Ah! ah! il est bon là; c'était un modèle de conduite pour les dépôts.

M. MINUTIN.

Ma femme ayant toujours eu de l'ambition, pour la satisfaire, j'entrai dans le corps brillant des notaires de Paris.

M. BORDEREAU.

Que cela est louable!

M. MINUTIN.

Oui, mais elle me ruine par une dépense excessive. Considérez son vêtement; est-ce celui d'une bourgeoise?

MADAME MINUTIN.

Ah! je demande réparation pour le corps.

M. BORDEREAU.

Bon, on en a bien besoin; est-ce qu'on ne sait pas qu'une notaresse n'est pas une bourgeoise? d'où venez-vous donc, pour ne pas savoir cela, monsieur Minutin?

MADAME MINUTIN.

Il n'a jamais su tenir son rang.

M. BORDEREAU.

Oh! notre ami, il ne faut pas se laisser manger la

laine sur le dos. Quelque jour je vous conterai un différend que j'ai eu avec un de nos directeurs. Oh! dame! je lui fis bien voir, en plein bureau, que son encre n'était pas reluisante : il ne faut pas se jouer à moi; quand une fois je m'y mets, je ne suis pas tendre.

M. MINUTIN.

Ce n'est pas tout à fait l'air dont elle se met qui me fait de la peine; c'est qu'elle voit un certain monde qui ne me plaît pas.

M. BORDEREAU.

Ah! cela est tout différent.

MADAME MINUTIN.

Eh! mais, mais, monsieur Minutin, vous n'y pensez pas; je ne puis me renfermer ni dans ma famille ni dans la vôtre; nous n'en connaissons pas. Je fraie avec les gens de ma volée. M'a-t-on jamais vue, par exemple, vous faire l'affront de me faufiler avec des procureuses, des avocates?

M. MINUTIN.

Je sais que vous ne vous encanaillez pas; je ne me plains pas des gens que vous voyez : ce n'est que la façon de les voir.

M. BORDEREAU.

Oh! c'est autre chose.

MADAME MINUTIN.

Qu'a donc de répréhensible ma manière d'agir?

M. MINUTIN.

Comptez-vous pour rien d'aller scandaleusement aux spectacles et aux promenades, avec des mousquetaires et des abbés?

M. BORDEREAU.

Celui-là est un peu fort.

M. MINUTIN.

Paraître en public, avec des gens de cette espèce, c'est vouloir se décrier à plaisir; et nous sommes solidaires en réputation.

M. BORDEREAU.

Il a raison.

M. MINUTIN.

Voyez-les au logis, madame, voyez-les au logis.

M. BORDEREAU.

Il y a encore quelque chose à dire à cela; mais cela viendra avec le temps. Avez-vous encore quelque chose sur l'estomac?

M. MINUTIN.

Monsieur Bordereau, vous êtes mon ami?

M. BORDEREAU.

Touchez là.

M. MINUTIN.

Il faut donc vous ouvrir mon cœur. Je ne suis rien moins que jaloux ; mais je suis ruiné. J'en impose encore au public par un faste éblouissant ; mais, dans peu, on me verra donner du nez en terre.

M. BORDEREAU.

Eh bien, mon ami, nous vous soutiendrons.

M. MINUTIN.

Je n'aurais pas tout à fait besoin du secours de mes amis, si madame Minutin voulait associer sa pratique à la mienne.

M. BORDEREAU.

Ah ! ah ! est-ce qu'on passe aussi des actes par-devant madame ?

MADAME MINUTIN.

Que voulez-vous dire ?

M. MINUTIN.

Vous m'entendez : votre pension ne peut suffire pour vos plaisirs et vos habits ; il faut bien qu'il vous vienne de l'argent de quelque autre part.

MADAME MINUTIN.

Mais je gagne beaucoup au jeu.

M. BORDEREAU.

Cela se peut sans miracle.

M. MINUTIN.

D'accord ; mais quand la femme donne à jouer, il ne reste ordinairement au mari que les vieilles cartes et les cornets.

M. BORDEREAU.

Ne parlons pas de cela.

M. MINUTIN.

Tenez, madame Minutin, je ne suis plus jeune : et, à certain âge, on se défait de beaucoup de préjugés, faisons bourse commune : mettez le produit de vos actes dans *l'esquipot*.

MADAME MINUTIN.

Mais, monsieur Minutin...

M. BORDEREAU.

Vous y perdriez, peut-être ; il faut que l'étude du premier étage aille mieux que celle du rez-de-chaussée. On peut trouver une façon de vous accorder ; rapportez en caisse le produit de deux études, et M. Minutin fera la dépense de la maison.

M. MINUTIN.

Il n'est rien que je ne fasse pour soutenir l'honneur du corps. Y consentez-vous, ma femme ?

MADAME MINUTIN.

Soit.

M. MINUTIN.

Ah! que je vais bien morguer mes confrères.

M. BORDEREAU.

N'allez pas garder minute de cet acte-là, au moins. Pour peu qu'une bourgeoise fût passable, elle aurait bien l'ambition de parvenir aux honneurs du tabellionnat. Au reste, monsieur Minutin, mon ami, comptez toujours sur moi. Il faut qu'au premier jour j'aille sans façon manger votre gigot.

M. MINUTIN.

Nous ne vous ferons pas l'affront de vous faire manger avec les clercs.

Quand tout fut arrangé de la manière que je viens de le dire, il était une heure après minuit, ce qui fit que M. Bordereau demanda la carte, qu'il paya tout de suite sans marchander. Madame Dubois lui demanda si c'était lui ou ce monsieur qui payerait les débris des bouteilles, des verres et des assiettes cassées. — Plaisante gueuserie, dit M. Bordereau, pour en aller étourdir la tête de cet honnête homme! Combien faut-il pour tout cela? — En conscience, répondit madame Dubois, cela vaudrait cinquante

francs pour un autre ; mais, comme c'est vous qui
payez, je me contenterai de deux louis, et c'est le prix
courant ; vous concevez bien que je ne gagne rien
là-dessus.

M. Bordereau allonge deux louis, on monte dans l'é-
quipage, et je remène tout le monde, chacun chez eux.

Du-depuis, j'ai souvent mené madame Minutin et
M. Bordereau à sa petite maison au faubourg
Saint-Antoine, où M. Minutin venait les trouver le
soir, jusqu'à ce qu'un beau matin, mon bourgeois fit
un trou à la lune, dont il a emporté à mon maître
près d'un mois de louage de son remise, et ce qu'il
me donnait pour boire.

Je crois que M. Minutin l'est allé trouver ; car il a
déménagé sa boutique, si tellement, qu'il n'y a laissé
que des paperasses.

HISTOIRE DES BONNES FORTUNES

De M. le chevalier Brillantin.

Un de mes amis, qui était cocher bourgeois, me proposa un jour d'entrer au service de M. le chevalier de Brillantin, pour mener sa diligence ; et je donnais là-dedans, parce que je ne savais pas ce qu'en vaut l'aune. C'est la plus fichue condition qu'on puisse imaginer.

Je me souviendrai toujours qu'un matin, qu'il y avait tout plein de créanciers dans son antichambre, il donna des coups de bâton aux uns, des coups de pied dans le cul aux autres : de façon que, comme par son commandement j'avais aidé à les mettre dehors, ils se mirent cinq ou six après moi, dans rue, où ils m'équipèrent en enfant de bonne maison : cela fit qu'avec les coups de plat d'épée qu'il me donnait en particulier, je le laissai là ; et puis, affûte-toi, mène les chevaux qui voudra.

Dans les commencements que j'étais à son service, je ne savais pas encore le trantran de son allure ; c'est pourquoi, une fois qu'il sortait de l'Opéra, et qu'il y avait bien du monde à la porte, il me dit tout haut : Chez la marquise. — Quelle marquise? lui dis-je. — Chez la marquise où j'ai dîné, répondit-il. — Ah ! ce lui fis-je, dans la rue de la Huchette, je sais où c'est. — Cette réponse fit rire tout ce qui était là ; et si pourtant on ne savait pas que c'était une couturière : ça n'importe, en descendant du carrosse, il me promit vingt coups de bâton, quand nous serions à la maison ; je ne les ai pas comptés, mais si je l'avais laissé faire, du train qu'il y allait... la peste... mais ça m'apprit à vivre. Le lendemain, le valet de chambre et le laquais me dirent son allure, et je n'y fus plus attrapé.

M. le chevalier avait trois ou quatre femelles, tant coiffeuses que couturières et autres, dont il faisait des marquises et des comtesses dans le monde ; leurs appartements étaient toujours au quatrième étage. Il n'y a pas de tapissier qui sache mieux meubler une chambre que lui, et à peu de frais. D'une tapisserie de l'histoire de Bergame, il vous en fait une haute-lisse, et de chaises de paille, des fauteuils de damas ; les habits et les diamants ne lui coûtent pas plus : on peut dire que c'est un bel instrument que sa langue.

Du reste, il en fait accroire à tout le monde, et quelquefois il joue des jeux si drôles, qu'on ne peut pas s'empêcher de rire; vous allez voir.

Un soir qu'il soupait au faubourg Saint-Germain, avec plusieurs de ses amis, La Roche, son valet de chambre, va l'avertir, au milieu du souper, que je suis en bas avec son petit carrosse gris et ses chevaux de nuit. Aussitôt il dit tout bas, que toute la table l'entendit, à un de ces messieurs, qu'il va à un rendez-vous, et qu'ils n'ont qu'à toujours se réjouir en l'attendant, parce qu'une petite heure fera son affaire.

Il monte en me disant : Au Marais, à toutes jambes; et je le mène à l'ordinaire, grand train ; mais il me fait arrêter au bout de la rue, pour me dire d'aller, au pas, à la place aux Veaux.

Quand nous y sommes arrivés, il descend pour regarder de quel côté venait le vent; moi, je ne savais ce que cela voulait dire ; comme il vit qu'il ne venait pas, il se mit à taponner toute sa frisure, à se peigner avec ses doigts, en un mot, à s'ébouriffer tout au mieux ; après il se déboutonne, puis se reboutonne tout de travers ; il déroule ses bas, chiffonne ses manchettes, ôte le bouton d'une, se met du rouge au bout du nez, arrache sa mouche du front, se marche sur les pieds ; enfin, il se met comme en revenant du pillage.

Quand cette farce-là eut duré environ une demi-heure, il remonte et m'ordonne d'aller doucement jusqu'à cent pas de la maison où étaient ces messieurs, d'entrer dans la cour à toute bride. Son laquais La France, m'a dit qu'il était arrivé dans la chambre tout essoufflé, et qu'il avait dit à ses amis que ça n'avait pas été sans bien de la peine, comme il y paraissait, qu'il était venu à bout de la petite duchesse.

Il a fait cent tours pareils, qu'on prenait pour argent comptant : mais il lui arriva, une fois, une vilaine catastrophe avec une vraie présidente de campagne ; c'est la bonne fortune la plus relevée qu'il ait eue, si tant est qu'on veuille l'appeler bonne fortune, à cause de la façon dont cela tourna. Si elle avait bien fini, M. le chevalier n'aurait pas manqué de s'en vanter ; et puisqu'il faisait de ses couturières des duchesses, il aurait fait madame la présidente au moins une impératrice.

Après tout, c'était aussi belle catin que beau robin, car madame la présidente lui ressemblait presque pour les façons. Elle avait été quelquefois à la cour, quand tout le monde y va voir jouer les eaux à la Saint-Louis et à la procession des cordons bleus. Avec ça que comme elle avait vu des duchesses de condition, et autres, à l'Opéra ou ailleurs, elle en avait pris les manières aisées.

Ils se faisaient donc accroire tous les deux que des vessies étaient des lanternes ; en sorte que madame la présidente promit de venir souper, un soir, à la petite maison de M. le chevalier : elle aurait bien voulu que ç'eût été à la sienne, à elle-même, car elle était outillée de tout ce qu'il faut pour les rendez-vous ; mais elle l'avait prêtée à une de ses amies, qui faisait comme si elle avait été à elle.

Madame la présidente arriva la première, comme cela se pratique aujourd'hui ; et quand M. le chevalier fut venu, ils se mettent à souper tête-à-tête, comme des fourbisseurs. Pour moi, après avoir bu deux coups d'une main et autant de l'autre, je vais chercher à roupiller un somme dans le jardin, à la belle étoile.

Il y avait près d'une heure que je tapais de l'œil au mieux, quand je m'entends réveiller par deux voix qui parlaient auprès de moi; on voyait clair comme dans un four; mais je reconnus bien la parole de M. le chevalier, qui assurait madame la présidente, qu'il n'avait aimé personne comme elle. — Chevalier, lui répondait-on, vous hasardez beaucoup; un homme aussi répandu que vous l'êtes, a dû ressentir de grandes passions. — Il est vrai, reprenait mon maître, et je ne suis pas assez sot pour en disconvenir; mais je vous jure en honneur que je n'ai jamais été aussi vivement amoureux que je le suis à cette heure. — Et voilà justement, dit la présidente, cette vivacité que j'appréhende; vous n'ignorez pas, chevalier, que je suis veuve, et encore assez jeune pour appréhender de compromettre ma réputation. — Je vous jure, reprenait mon maître, qu'elle ne court aucun risque avec moi, et que je saurai la ménager. Allons, ma reine, plus de résistance; rendez-vous aux empressements du plus amoureux de tous les hommes.

La conservation finit là pour un petit bout de temps; car, un moment après, madame la présidente dit à moitié bas : Eh mais, chevalier, vous n'y pensez pas? Vous me prenez apparemment pour une

grisette... vous n'avez nulle considération... Ôtez-
vous, cela est horrible... c'est malgré moi, je vous
assure... vous m'assommez... vous aviez bien raison
de dire que ma réputation ne courrait point des ris-
ques avec vous... retournez d'où vous venez... vous
êtes un insolent... on n'en use pas ainsi avec une
femme de ma qualité.

Je m'aperçus bien que la présidente s'était dépêtrée
de M. le chevalier, car elle demanda son carrosse, et,
malgré tout ce que put faire mon maître, elle monta
dedans, et le laissa là avec sa courte honte.

Cette affaire-là lui fit bien de la peine ; et comme
il avait, outre cela, besoin d'argent, nous allâmes auprès d'Orléans, où il avait des lettres pour en ramas
ser. Il y avait dans le village une jeune fille, fort
jolie, qui avait demeuré à Paris fort longtemps, avec
sa marraine, qui l'avait prise en amitié auprès d'elle ;
mais, comme elle était venue à mourir, Javotte était
retournée avec sa mère, pour rester dans le pays, ce
qui ne lui plaisait guère.

La Roche, qui était au fait de la commission, tour
nevirait cette jeunesse, pour la faire tomber dans les
filets de son maître ; il lui avait fait accroire que, si
elle voulait l'épouser en mariage, il demanderait son

congé de valet de chambre, pour être concierge du
château, ou pour aller vivre à Paris à louer des cham-
bres garnies.

La fille, qui était futée, aimait mieux l'un que l'autre, parce qu'à Paris on a une bien meilleure liberté
que non pas à la campagne. Avec tout cela, elle
voyait bien qu'il avait peut-être envie de l'attraper,
ce qui faisait qu'elle ne croyait pas la moitié de ce
qu'il lui disait. Je voyais bien la manigance de La
Roche; j'avais envie de découvrir à Javotte la mèche
du panneau où on voulait la faire tomber; mais
j'avais peur aussi que, si cela venait à être su de
M. le chevalier, je lui payerais tôt ou tard. J'étais
donc bien embarrassé comment m'y prendre quand,
un beau jour que j'étais dans le parc à faire je ne
sais pas quoi, je vis passer la Javotte, et La Roche
qui allait après elle; je les suis à pas de loup, jusqu'à
un petit endroit où ils s'assirent sur l'herbe; je me
cache derrière un buisson, d'où j'entends toute leur
conversation, que voilà, comme je l'ai retenue, en
propres termes, mot à mot.

La Roche lui disait : Pourquoi ne vouloir pas croire
ce que je vous dis des bontés que mon maître a pour
moi? Il ne me laissera jamais manquer de rien; et

4

il me disait encore hier que, si j'avais le bonheur de
vous épouser, il ne prétendait pas que je me reti-
rasse de son service, comme j'en avais formé le dessein. Le sien est que vous demeuriez ici, dans le
château ; votre logement est marqué : c'est dans
l'aile gauche, du côté du petit bois, parce qu'il trouve
qu'il est nécessaire que je sois logé auprès de lui, et
naturel que vous soyez avec moi. Cependant nous
aurons une chambre séparée, afin de me trouver
plus à portée de mon service, et pour ne pas interrompre votre repos, quand, par hasard, dans la
nuit, il aura besoin de moi.

Ces mesures-là, répondit Javotte, qui voyait bien
ce qui en était, sont bien prises ; je crois que qui les
dérangerait vous ferait grand dépit. — Ce ne serait,
répliqua La Roche, que par rapport à M. le chevalier,
qui mérite toutes sortes d'attentions ; si vous saviez
jusqu'où s'étendent ses bontés pour moi, avec quelle
amitié il m'assure qu'il veut travailler à ma fortune...
vous verrez, vous verrez de quel air il s'y prendra ;
je suis persuadé que vous en serez surprise. — Point
du tout, dit Javotte, je m'y attends, et que vous la
méritez, cette fortune, par toutes vos complaisances ;
mais, dites-moi une chose : si je deviens votre épouse ;

ne faudra-t-il pas que je fournisse aussi mon con-
tingent de complaisance?

Je crois vous entendre, répondit le valet de chambre en riant un peu, celle qu'il pourrait exiger de
vous ne doit vous causer aucune inquiétude par
rapport à moi. Et quoique je vous aime chèrement,
j'ai trop de bon sens pour donner dans l'erreur commune. Non, non, je ne suis pas assez fat pour me
mettre en tête que vous ne puissiez plaire qu'à moi.
Un homme serait ridicule de vouloir que sa femme
ne fût belle qu'à ses yeux. — Ah! je vous entends,
répondit Javotte, vous seriez homme à vous prêter à
certains petits desseins que M. le chevalier pourrait
avoir sur ma personne. — Ayez meilleure opinion
de moi, répliqua vitement La Roche. Cependant je
crois qu'on peut, sans pécher contre l'exacte bien-
séance, ne pas s'arrêter à cent petitesses qui ne valent pas qu'on y pense, et sur lesquelles cependant
le commun des maris se gendarme. Je m'explique :
je vous suppose mariée; M. le chevalier vous a vue;
il sait que vous êtes belle, et il le verra de plus près,
quand nous serons unis. Je le connais pour un con-
teur de fleurettes, et c'est tout. Le bon seigneur n'en
demande pas davantage : il vous cajolera sur votre

beauté, sur vos agréments, que sais-je moi? sur mille
choses, qui le plus souvent échappent à un mari. Eh
bien! irai-je sottement me fâcher de ce qu'il est
poli, galant? de ce qu'il vous trouve de son goût?
Ce n'est pas ma faute. Je ne le lui ai pas dit, pas
fait remarquer. Entre nous, n'aurais-je pas mauvaise
grâce de faire le jaloux pour une bagatelle qu'il
vous aura dite en passant? bagatelle qui, en effet,
n'en est qu'une qui ne porte nul coup. Galanterie
que vous dira le premier qui vous verra; car ce que
je vous dis de lui, je le dis de tout le monde. Les
hommes se sont fait une habitude de débiter la
fleurette, et les femmes de s'en repaître avidement.
Pourquoi s'opposer au torrent, à un usage établi et,
pour ainsi dire, généralement reçu? En vérité, mademoiselle, ce serait être ridicule de gaieté de cœur.
Si j'en suis cru, je serai le maître, sur cet article,
dans mon ménage. — C'est-à-dire, répondit Javotte,
que vous comptez avoir toute l'autorité, et me faire
partager le déshonneur.

Le déshonneur! reprit La Roche, expression vague,
que chacun interprète à sa manière, et que personne
n'entend au juste, pour lui vouloir donner trop d'é-
tendue. Je n'ai pas plus d'esprit qu'un autre; mais

un gros bon sens m'enseigne à faire peu de cas d'une chose d'elle-même, si chimérique, qu'étant réalisée, elle ne produit aucun mal effectif. Cependant il y a des gens assez sots pour s'en formaliser, et pour publier les visions qu'enfantent d'autres visions ; plus un homme fait voir clairement qu'il est un sot, moins il passe pour l'être. N'est-ce pas bien entendre ses intérêts ? Quoi ! parce qu'il a plu à quelques cerveaux creux de rendre les femmes dépositaires de ce qu'on appelle notre honneur, il faut crier au voleur, quand elles le laissent échapper ! On veut que j'aille publiquement demander raison d'un mal dont je ne me serais jamais plaint, si mon voisin, que la chose n'intéresse point du tout, ne s'avisait pas de s'en formaliser pour moi.

Les maris de votre espèce, dit Javotte, devraient faire imprimer cette morale-là. — Pensez-vous, répliqua La Roche, que les femmes eussent tort de contribuer aux frais de l'impression ? elles y ont autant et même plus d'intérêt que nous. Je vais vous le prouver, ajouta-t-il, en retenant Javotte, qui voulait s'en aller, si vous voulez me prêter un moment d'attention. Et, sans attendre de réponse, il continua :

Quand nous vous avons confié la garde de notre

honneur, nous savions que vous le défendriez mal;
et, par un raffinement de sottise, oui, de sottise, c'est
le terme convenable, nous avons mis en œuvre toutes
les ruses dont on se servirait contre un ennemi dont
on connaîtrait la vigilance et l'intrépidité. Nous savions bien que vous succomberiez même à de moin-
dres efforts; mais nous avons voulu nous mettre dans
le cas de vous faire les reproches que mérite votre
impertinence. Nous faisons bien pis, à la honte de
notre sexe plutôt que du vôtre. Quand nous vous
avons vaincues, nous nous réjouissons de notre dé-
faite, comme si nous n'y perdions pas plus que vous;
convenez donc, mademoiselle...

En voilà assez, dit Javotte en s'en allant, je n'en
veux pas davantage. La Roche voulait encore la retenir; mais elle le rabroua de façon que je vis bien
qu'il n'y avait rien à faire pour lui : c'est ce qui me
fit prendre la hardiesse de lui proposer de la prendre
en mariage pour moi tout seul.

Je n'attendis pas plus tard que le soir même, où je
la trouvai seule, et tout à la franquette je lui lâche
ce que j'avais sur le cœur à son égard : elle ne me
met ni dehors ni dedans, de façon que j'avais bonne
espérance, d'autant plus qu'elle n'était pas à savoir

que j'avais quelque chose devant moi à Paris, des profits que j'avais épargnés en menant l'équipage; de sorte que ça faisait un petit magot bien joli pour une fille qui n'avait rien du tout.

Deux jours après, mademoiselle Javotte, de sa grâce, me dit qu'elle allait bientôt partir pour Paris avec sa mère, pour tâcher de trouver une bonne condition, et que, si je veux les aller trouver là, nous parlerons d'affaires.

Ce qui fut dit fut fait; le lendemain de leur départ, je me mets à les suivre à beau pied sans lance, après avoir demandé à M. le chevalier de l'argent et mon congé; il me donna l'un, tout sur le tas, et je cours encore après l'autre. Ça n'empêche pas que je ne rattrape mes gens à Montlhéry, d'où nous arrivons à Paris, chez une blanchisseuse de ma connaissance, où mademoiselle Javotte et sa mère furent bien reçues.

Comme on ne trouve pas des conditions, d'aucunes qu'il y a, dans le pas d'un cheval, mamzelle Javotte et sa mère furent un bout de temps sur mes crochets, que mon saint frusquin s'en allait petit à petit, je proposai le mariage pour tout de bon; et comme la mère voyait bien que j'étais le fait de sa fille, ça fut bâti en quinze jours. La belle-mère s'en retourna au pays après la noce; et, moi, je trouve la condition duquel je vais vous parler, et où notre femme entra par la suite.

HISTOIRE DE MADAME ALLAIN

Et de M. l'abbé Évrard.

CE fut tout bonnement et par un cas fortuit du hasard que j'entrai au service de cette dame. Comme elle passait un jour sur le Pont-Neuf, un fiacre accroche son équipage si tellement fort, que son cocher tombe à bas, sans pouvoir remonter. Comme j'étais là présent en personne, je m'offre à monter sur le siège, ce qu'elle accepte. Son cocher ne pouvant plus mener depuis sa chute, elle le fit son portier, et moi, j'ai pris sa place.

C'était une bien brave dame, veuve sans enfants, de quarante-deux ans environ, qui avait été belle femme, et qui en avait encore de beaux restes.

Il y avait dans la maison M. l'abbé Évrard, qui conduisait tout. Il était gros comme un moine, et cependant il ne mangeait guère que des petits pieds; son visage était frais et vermeil comme une rose, à cause du bon vin de Bourgogne qu'il buvait pour fortifier son estomac contre le bréviaire; il n'y avait jamais sur son habit, ni sur son chapeau de castor, la moindre petite ordure. Ah ! c'était un homme bien propre.

Tout d'abord que je le vis, je le pris en amitié, car il avait l'air d'un luron ; mais j'ai bien trouvé à déchanter par la suite.

Quand on est nouveau venu dans une maison, on n'en sait pas le trantran ; cela fit qu'un jour je payai du vin au portier, dont j'avais pris les chevaux, pour afin qu'il m'instruise de tous les tenans et aboutissans.

Il me dit donc que madame Allain — c'était notre maîtresse — était la meilleure femme du monde, quand on ne la contrariait point ; parce que M. l'abbé lui avait appris qu'il ne fallait pas qu'un domestique dise non, quand le maître dit oui ; quand même le bourgeois aurait tort, parce que le valet est un impertinent quand il a plus de raison que son maître.

Pour ce qui est d'à-l'égard de M. l'abbé, qu'il était,

comme je le voyais bien par mes yeux, un gros
compère qui avait tant d'esprit, qu'il n'y avait que
madame qui pût entendre quelque chose à ses
discours; il en faisait à toute la maison, en manière
de prône ou de sermon, les dimanches et les fêtes,
plutôt que d'aller à la paroisse, parce que M. Évrard
disait que les prêtres de là ne savaient pas la bonne
religion comme il faut.

Que madame Barbe, la gouvernante autre fois de
madame Allain, ne faisait presque plus rien dans la
maison, à cause qu'elle était vieille, que de porter
tous les matins un bouillon à M. Évrard, et de lui
faire son chocolat, quand il était levé, et son café de
l'après-dinée ; et que madame ne voulait pas qu'elle
fit œuvre de ses dix doigts que pour son service à
lui.

Que mademoiselle Douceur, la fille de chambre,
faisait tout ce qu'il fallait aux environs de madame,
excepté de bassiner le lit de M. l'abbé, l'hiver, qu'il
faisait froid, et de lui mettre ses moines à côté de
ses jambes, et sa boule d'étain pleine d'eau chaude
aux pieds, quand il était dans le lit.

Que M. Coulis, le cuisinier, avait ordre de faire tout
de son mieux en fricassées, et surtout en soupe;

parce que M. l'abbé disait, à chaque bout de champ, que le bon potage faisait le bon estomac.

Qu'il n'y avait pas pour le présent d'officier en confitures, à cause qu'on avait renvoyé le dernier, qui ne faisait pas son métier, comme M. Évrard le voulait, qui s'y connaissait mieux que lui. On en avait mandé un de Tours et un de Rouen, pour voir à qui ferait le mieux des deux.

En fin finale, qu'il faisait que tout le monde obéit à M. l'abbé, qui n'en faisait qu'à sa tête, comme les bonnetiers, dans la maison où il était maître de tout, jusqu'à manier l'argent de la baronne, sans compte ni mesure.

Quand je fus bien instruit de tout cela, je m'arrange là-dessus, de façon que j'obéissais plutôt à monsieur qu'à madame.

Malgré tout cela, je manquai pourtant d'en sortir. Un jour que j'avais un peu viné, j'avais mené M. Évrard, pour prendre l'air, dans les allées de Vincennes. En revenant, comme je voulais passer plus tôt qu'un autre à la porte Saint-Antoine, nous accrochons tous les deux, pas bien fort pourtant, mais assez pour réveiller M. l'abbé, qui sommeillait dans le carrosse.

Il ne fut pas plus tôt arrivé à la maison, qu'il alla

dire à madame que j'étais un brutal qui ne savait pas mener, et qu'il fallait en prendre un plus doux.

Moi, qui ne savais rien de rien, je fus bien étonné, quand madame me fait appeler, pour me signifier qu'il faut que je fasse mon paquet pour le lendemain, qu'elle prendra un autre cocher.

Je ne pus m'empêcher de demander la raison pourquoi. Et M. l'abbé me répond que c'est pour m'apprendre à ne pas accrocher, au risque de faire tuer le monde, à cause que je suis un ivrogne qui pue le vin d'une lieue.

J'étais fâché de sortir pour un si chétif sujet; mais, enfin, on ne reste pas chez le monde malgré eux. Le lendemain, comme je vas pour monter à l'appartement de M. l'abbé, et recevoir mon argent, voilà ma femme qui vient m'apporter du linge à rechanger, et je lui conte mon histoire dans la cour, que M. Évrard nous voyait par la fenêtre. Madame Guillaume se mit à pleurer de me voir sur le pavé; moi, je la console de mon mieux, et je vas chez M. Évrard pour toucher mes noyaux.

Mon compte était tout prêt. Comme je mettais mon poussier dans ma poche, M. l'abbé me fait la grâce de me dire : Quelle est cette jeune femme à qui vous parliez dans la cour? — Monsieur, vas-je lui répondre, c'est la mienne. — Vous êtes donc marié? ce fit-il. — Oui, monsieur, vous n'êtes pas à le savoir, lui fis-je. — Oh! cela change la thèse; il faut avoir de la commisération pour les gens qui ont de la famille. Combien avez-vous d'enfants? — Celui ou celle qui va venir, lui répondis-je, ce sera le premier. — C'est une raison de plus qui gagne ma charité à demander grâce pour vous, dit-il; l'état dans lequel se trouve votre femme, et la misère où vous vous verriez, peut-être, bientôt plongé, étant sans condition, me font oublier vos sottises : allez, retournez à votre devoir; j'obtiendrai votre pardon. Votre femme demeure-t-elle dans le quartier? — Tout au contraire, monsieur, lui répondis-je; elle est vraiment bien loin. — Mais, continua-t-il, elle doit être fatiguée de venir de si loin? Je crois qu'il y a, ici-dessus, une petite chambre où l'on pourrait la loger; elle sera plus à portée du secours que son état exige. La charité de madame Allain s'étend sur toutes sortes de sujets indistinctement; mais il est naturel que ses domestiques soient préférés : je vais lui demander le logement de votre femme; faites toujours apporter ses petits meubles, en attendant.

Je demeurai si ébaubi, en voyant tant de bonté, que je restai comme une statue qui ne souffle pas, sans pouvoir le remercier. Dans le temps que je raconte tout cela à madame Guillaume, notre maîtresse nous fait venir tous les deux devant elle.

Après bien des questions, et des oui, et des non, à cause que madame Allain n'avait jamais voulu avoir de ménage chez elle, enfin, il fut arrêté que ma femme coucherait dans la petite chambre, au-dessus de M. l'abbé, et moi, dans la mienne, à l'ordinaire, sur l'écurie.

Il me parut, à quelques paroles que dit mamzelle Douceur, qu'elle n'était pas bien contente de voir madame Guillaume dans la maison; mais comme on ne lui demandait pas son avis, c'était à elle à se taire. Cela n'empêcha pas notre femme de venir s'y installer quelques jours après; et ce qui fit encore plus de peine à la chambrière, c'est que M. l'abbé fit manger madame Guillaume à l'office; et, puis, quand elle fut près de son terme, on lui en portait dans sa chambre, à cause qu'elle pouvait se blesser en montant ou en descendant, de façon qu'elle était bien choyée.

J'étais si aise de voir toutes ses bonnes manières, que je me serais mis dans la glace pour madame et

dans le feu pour M. l'abbé, qui prenaient tant de soin
de ma femme et de son fruit, qui fut une petite fille,
qui vint un peu plus tôt que madame Guillaume ne
croyait ; cela fit que madame Allain ne lui donna
qu'une petite layette de rien, au lieu d'une plus belle ;
mais M. l'abbé dit à madame Allain qu'il n'y avait
pas grand mal, parce que l'autre servirait pour le
premier enfant qu'aurait notre femme.

Tout allait le mieux du monde dans la maison, où
chacun était content, à l'exception de mamzelle Douceur, qui me lâchait toujours quelques brocards en
passant, sur madame Guillaume et M. l'abbé. A la
fin, pourtant, cela me mit martel en tête ; de sorte
que je me mis à les espionner pendant longtemps,
sans rien voir de ce que disait mamzelle Douceur,
que je vis bien qu'elle n'était qu'une bavarde.

Un beau jour, elle crut avoir ville gagnée, en m'ap-
portant une lettre d'amour de M. l'abbé, à ce qu'elle
disait, et qu'elle avait vu tomber de la poche de ma
femme ; elle me la lut plus d'une fois, depuis un bout
jusqu'à l'autre, sans y rien comprendre de ce qu'elle
voulait qui fût dedans contre mon honneur ; et vous
allez voir qu'à la vérité il n'y avait rien du tout de
cela, car voilà que je vous la mets devant les yeux.

« Ma très chère sœur,

« Je goûte, avec une entière suavité, le fruit de la nouvelle vie dont j'ai eu le bonheur de vous enseigner la pratique; et vous êtes prête d'entrer dans la perfection dont je vous ai vanté les douceurs ineffables. Je m'aperçois aussi, avec plaisir, que vous n'avez plus ces sécheresses, dont la privation ne vous causait, autrefois que d'imparfaits embrasements de cœur; sécheresses qui nous faisaient mutuellement désespérer de parvenir jamais à cet état de béatitude, qui fait la récompense de la vie unitive, dont nos plus grands et plus profonds docteurs nous font un si beau portrait; cependant, comme je crois, et que je sais, par ma propre expérience, qu'il est bon quelquefois de s'éloigner des principes généraux, je ne saurais trop vous répéter que, pour faire cesser ces cruels combats, qui vous font ressentir encore les violentes secousses des tribulations intérieures, il faut un peu s'écarter du contemplatif, sans cependant le perdre, de vue, pour donner quelque chose de plus à l'actif. Coopérez donc dorénavant, avec moi, ma très chère sœur, à la perfection de ces douces extases, dont votre tiédeur vous a privée jusqu'à présent, malgré les soins que je me suis donnés pour vous les faire goûter dans leur entière plénitude. »

Que trouvez-vous donc à cela? dis-je à mamzelle Douceur, quand elle eut fini de lire. Il n'y a pas là-dedans un seul mot de ce que vous voulez me faire accroire. C'est vraiment un bel et bon sermon, et vous voulez que je me plaigne de ce que M. l'abbé veut bien prôner notre femme? Non ferai, ma foi; au contraire; je lui en aurai obligation, toute ma vie vivante.

Ah! puisque vous le prenez si bien, répondit-elle, il faut bien vous en donner encore un paquet; vous m'avez l'air de le bien porter, pauvre monsieur Guillaume! Que vous avez l'esprit bouché! vous n'entendez donc pas ce que ces termes-là veulent dire pour votre honneur? — Pour mon honneur, répondis-je? Vous avez donc la berlue à l'esprit? Allez, allez, mamzelle Douceur, tant qu'on ne parlera que comme cela à ma femme, je n'ai pas peur de loger à l'enseigne de *j'en tenons.*

Tant mieux pour votre femme et pour votre repos, monsieur Guillaume, me dit-elle; mais si vous ne comprenez rien à ces mots-là, l'abbé les lui fera bien entendre; le scélérat! je ne sais à quoi il tient que je ne l'étrangle : cet indigne! après ce qu'il m'avait promis... Et tout de suite elle s'en va en jetant quelques larmes qui ne laissèrent pas que de me donner à penser que M. l'abbé lui avait peut-être promis plus de beurre que de pain.

J'ai eu cette idée-là dans la pensée, pendant plus de huit jours; mais une chose que j'aperçus au bout de ce temps-là me fit venir tout autre chose dans l'esprit, tant sur elle, que sur madame Guillaume.

Un matin que j'étais dans mon grenier à l'avoine, pour la remuer, comme c'est la manière dans les cochers, pour empêcher qu'elle ne s'échauffe, je vis de dedans un coin où j'étais, par la fenêtre, M. Évrard, qui était en robe de chambre auprès du lit de madame, et qui lui parlait de bien près à l'oreille, de façon que je ne voyais pas leurs mains, ni à l'un ni à l'autre; cela fit que je me doutai de quelque chose, avec autre chose d'une autrefois, qu'il raccommodait la jarretière de madame, couchée sur la duchesse.

Cela me donna la curiosité de voir mieux; mais comment faire? On pouvait me voir par la fenêtre. Je songe en moi-même que madame m'avait ordonné d'aller, tous les matins, savoir si elle se servi-

rait de ses chevaux. C'était une bonne invention pour
me couler chez elle, comme je fis tout bellement. Je
ne rencontre âme qui vive jusqu'à la porte de la chambre, qui était entre-bâillée; de façon que je ne voyais
d'un œil, dans un miroir vis-à-vis, que la moitié de
ce qui se passait sur le lit; mais, en récompense,
j'entendais tout ce qui s'y parlait, et c'était madame
Allain qui, dans ce temps-là, disait à M. Évrard : A
quoi, mon cher abbé, dois-je attribuer la froideur,
pour ne pas dire l'indifférence, que vous me faites
éprouver depuis quelque temps? — Moi, froid! moi,
indifférent! répondit-il; je ne fus jamais plus épris,
plus charmé et plus en état de répondre aux bontés
dont vous m'accablez. Et il fallait que cela fût comme
il le disait, car ils ne parlaient plus, ni l'un ni l'autre,
que par des paroles entrelardées de soupirs et de ah!
ah! où je ne comprenais rien; c'est pourquoi j'allais
me retirer, quand mamzelle Douceur arrive, qui me
demande ce que je veux. Savoir si madame sortira
ce matin, lui dis-je; mais je n'ai pas osé entrer, parce
que je crois qu'elle est avec M. l'abbé, en conversation
sérieuse, qui ne regarde qu'eux deux. — Passe encore pour elle, répondit en grognant la chambrière;
mais, pour une autre, il me le payera, ou je ne suis

pas fille. Allez, monsieur Guillaume, continua-t-elle, je vous ferai avertir si madame a besoin de vous; mais apprenez toujours de moi, en passant, qu'il ne faut pas se fier aux petits collets.

Je compris bien, par ces paroles, ce que mamzelle Douceur voulait me faire entendre à son sujet, comme à celui de madame; mais je ne pouvais pas me fourrer dans la caboche qu'un abbé était capable de ces sortes de choses-là envers la maîtresse et la servante; qu'il y en avait assez d'une des deux pour un homme tout seul : et ce qui me passait encore, c'est que cette petite langue de serpent voulait me faire accroire, comme à un Claude, que madame Guillaume avait part au gâteau; d'autant plus que je savais bien encore, par moi-même, que ma femme n'était pas trop sur sa bouche de ce côté-là, et puis, d'ailleurs, que la lettre qu'il avait écrite ne parlait pas du tout comme ce qu'il disait à madame.

Les jours allans et venans, comme dit l'autre, il arriva pourtant, à la fin, que mamzelle Douceur savait mieux que moi ce qui la regardait du côté de M. l'abbé, qui n'en agit pas bien avec elle dans cette occasion-là; ce qui la fit aller aux oreilles de madame, qui ne fit semblant de rien, pendant quelque temps, pour mieux jouer son jeu, comme vous verrez par après.

A l'égard de mamzelle Douceur, elle disait, de son côté, qu'elle allait voir ses parents dans son pays; mais il y avait des gens de la maison qui savaient bien qu'elle allait être pigeon dans le colombier d'une sage-femme.

Madame Guillaume prit sa place de chambrière auprès de notre maîtresse, qui la fit coucher tout auprès de sa chambre, à porte ouverte, à cause que, depuis un certain temps, elle s'imaginait de voir des esprits la nuit, dont elle avait peur; et c'était pour la rassurer, car elle ne s'en rapportait pas à M. l'abbé, qui disait qu'il n'y avait jamais eu de revenants que dans la tête des bonnes femmes. Je n'étais pas trop content de ce changement-là, qui m'empêchait d'aller voir ma femme, comme je faisais quelquefois, dans la petite chambre. Je fis enfin tant, par mon esprit, que bien souvent, la nuit, j'allais la trouver dans son lit, par le petit escalier borgne; et je décampais toujours près le grand matin, pour aller panser aussi mes chevaux.

Un jour pourtant, je ne sais comment cela se put faire, je m'étais endormi si fort, que je ne songeai pas à me lever, à l'ordinaire, au point du jour, que je voyais venir par la fenêtre, dont je ne tirais pas le rideau; comme il avait fait bien chaud pendant toute la nuit, je m'étais mis à l'air sur le bord du lit, comme quand on sait bien que personne ne nous verra.

En me réveillant, j'entends du bruit dans la chambre de madame, comme de quelqu'un qui marcherait : aussitôt je vois par le pied du lit que c'est madame Allain, rien qu'avec sa chemise, qui entre où je suis; me voyant pris, comme un renard dans un blé, je m'avise de faire le dormeur, et je fais semblant de ronfler, sans remuer ni pied ni patte, tant que madame fut sur sa chaise percée, qui était dans un coin de la chambre, tout vis-à-vis de moi. On sait bien qu'une femme veuve a été mariée, et qu'elle n'est pas apprentisse; c'est ce qui me fit rester comme j'étais, sans changer de posture, ni sans faire semblant de me réveiller, pour n'avoir pas la peine de lui faire des excuses : après tout, m'aurait-elle fait un péché d'être couché avec ma femme?

Sitôt qu'elle fut partie, je m'en allai aussi à mon ouvrage, comme à l'ordinaire, et tout se passa, ce jour-là, à l'accoutumée.

La nuit d'après, en voulant aller voir madame

Guillaume, je trouve la petite porte fermée. Ce qui me fit penser que c'était par ordre de madame, qui ne voulait pas que je couche avec ma femme. Cela ne me fit pas trop de plaisir. Je frappe tout doucement à la porte ; mais notre femme ne m'ouvrait pas. Je pense qu'elle est dans son premier somme; c'est pourquoi je m'en retourne avec si peu de poisson que j'ai pris.

Le lendemain, comme j'étais après mes chevaux à cinq heures du matin, je vois madame à sa fenêtre, qui me fait signe de monter par le grand escalier : elle ouvre toutes les portes elle-même, et parce que j'avais mes escarpins d'écurie, elle me les fait laisser dans l'antichambre, pour ne pas faire du bruit.

Je ne savais que penser de tout ce manège, car elle n'avait qu'un petit cotillon tout court; mais elle me dit : Si tu me promets de ne rien dire de ce que je vais te faire voir, tu auras tout lieu de te louer de moi. Je lui promis tout ce qu'elle voulut, et elle me mena tout au travers de sa chambre, dans celle de ma femme, que je vis dans son lit, et monsieur l'abbé étendu auprès d'elle, qui dormaient tous les deux.

Cette vision-là me surprit si fort, que quand je n'aurais pas promis à madame Allain de ne rien dire

de ce que je venais de voir, je n'aurais pas pu souffler
le mot. Ma maîtresse m'entraîna jusque dans l'antichambre, dont elle ferma les portes sur nous, et puis
elle me dit: Eh bien! Guillaume, que penses-tu de
ce que tu viens de voir? — Ah! madame, lui répondis-
je, je ne m'y serais pas attendu; cela est bien vilain
pour un homme de cet habit-là. Je n'oserai peut-être
pas lui toucher, à cause de son caractère; mais pour ma
femme, qui n'en a point, je vous la rosserai, qu'elle
dira bien vite holà! — Il n'en sera ni plus ni moins,
mon pauvre Guillaume, dit-elle; et l'éclat que tu
ferais, apprendrait à tout le monde ce qu'il est bon
qu'il ignore pour ton honneur et celui de ma maison;
mais ne t'inquiète de rien, je sais les moyens de me
venger, et tu verras, dès aujourd'hui, comment je
m'y prendrai. Achève de panser tes chevaux, et
sur les neuf heures tu iras dire au révérend père
Simon que je le prie de venir dîner ici aujour-
d'hui.

Et qu'est-ce que fera, madame, lui dis-je, le père
Simon à tout cela? Me remettra-t-il l'honneur sur la
place de ce que ce chien de M. l'abbé y a planté?
A présent, voyez-vous, je ne me fierai ni à prêtre ni
à moine. — Tu feras bien, répondit madame, je suis

bien revenue des uns et des autres : mais exécute toujours ce que je t'ordonne ; je te donne ma parole, mon cher Guillaume, que dans peu nous serons débarrassés de ce coquin d'abbé ; tu auras le plaisir de me le voir mettre à la porte. — Vous feriez bien d'y mettre aussi ma carogne de femme, lui répondis-je. — Cela n'en serait peut-être pas plus mal, répliqua-t-elle : mais prends patience, tout ira bien ; j'espère trouver moyen de te guérir bientôt du mal que je viens de te faire, en te découvrant la conduite de ta femme ; tu verras que ce sera un mal pour un bien. Attache-toi à moi, et je ferai ta fortune : je te tirerai de l'écurie pour te faire mon valet de chambre. Je ne serai pas la première femme qui se sera servie d'un grand brun comme toi : ne dis rien de tout ceci à personne, et me laisse faire. — Là dessus elle me fait sortir, et rentre dans sa chambre.

On a bien raison de dire qu'il n'y a rien qui guérisse de tout mal, comme le bien : car la pensée seule de la fortune, que venait de me promettre madame Allain, me fit presque oublier ce que je venais de voir : et puis d'ailleurs, quand votre femme a été capable de faire de ces écarts-là, cela diminue telle-ment la bonne opinion que vous devez toujours avoir d'elle, quand ce ne serait que pour vous-même, qu'il paraît qu'on ne se soucie plus qu'elle s'écarte ou non de son devoir, parce qu'elle ne vaut pas la peine qu'on l'estime, quand elle ne le mérite plus; c'est qu'on est indifférent pour les choses dont on a raison de ne plus s'embarrasser.

Je me mis donc à prendre mon parti là-dessus, et cela fut bientôt fait, car j'y allais de bon cœur : je n'avais plus d'envie que de voir ce qu'allait opérer le père Simon, quand il serait venu pour dîner, comme il l'avait promis quand je lui en avais parlé.

A son arrivée, M. l'abbé Évrard fit une moue longue d'une aune, car c'était sa bête : on se met à table, sans que madame s'embarrasse de la mine de l'abbé, qui se mit à asticoter le moine pendant le dîner, et il lui répondait bravement sur toutes les choses qu'il mettait en avant pour disputer; d'autant plus que madame était du côté du révérend, contre son ordinaire, ce qui fit que la moutarde monta au nez d'Évrard, qui jette sa serviette, et s'en va comme un fou, bouder dans sa chambre.

Cela fit un esclandre, que tout le monde qui était là, nous ne savions qu'en penser; mais madame prit tout d'abord la balle au bond : Guillaume, me dit-elle,

allez dire à M. Évrard que, puisqu'il reconnaît si mal
l'honneur que je lui fais en l'admettant à ma table,
qu'il y manque de respect aux gens que je considère, il me fera plaisir de n'y plus paraître dorénavant.

Quand on m'aurait donné de l'argent, madame
ne m'aurait pas fait plus de plaisir que de me charger
de cette commission, que je vas vous lui faire tout
chaud. Ne t'aurait-elle pas aussi chargé, me répondit
l'abbé, de me dire de sortir de chez elle? — Non,
lui repartis-je ; mais cela pourrait bien arriver sans
miracle : quand on est chassé de la table, on ne met
guère à l'être de la maison. Ces derniers mots que
j'avais ajoutés de mon crû, et à cause de la bonne
amitié que je lui portais, le mirent dans une colère
qui me fit un grand plaisir : je crus qu'il m'allait
battre, et je l'aurais bien voulu voir; car je lui aurais
rendu de bon cœur sur le dos le bois qu'il m'avait
mis sur la tête.

Sur le soir, l'abbé envoya demander à madame si
elle voulait bien lui donner jusqu'au lendemain pour
lui rendre compte de ce qu'il avait à elle; et madame
Allain lui fit répondre qu'elle le voulait bien. De
sorte que le jour d'après, il rendit son compte tant

bien que mal; mais madame était si aise de s'en voir dépêtrée, qu'elle ne prit pas garde à bien des petites choses, qui ne laissaient pourtant pas que d'être de conséquence.

Ses meubles furent bientôt emportés, car il n'en avait pas; ceux de sa chambre appartenaient à la maison : à la fin il partit, et il n'y eut ni petit ni grand qui n'en fût bien aise, à l'exception de madame Guillaume, qui ne faisait pourtant semblant de rien, mais qui n'en pensait pas moins; car la bonne bête fit un trou à la lune deux jours après, qu'elle m'emporta ce que j'avais de plus beau et de meilleur pour courir après son abbé. Il faut qu'ils soient allés bien loin, car je n'en ai jamais eu ni vent ni voix du-depuis, et que je m'en soucie comme de Collin Tampon.

Madame Allain me donna le double pour le moins de ce que ma femme m'avait emporté, ce qui fit que je fus encore plus tôt consolé. J'eus commission de lui chercher une femme de chambre et un cocher, et je lui donnai tous les deux à ma poste.

Quoique je ne savais lire ni écrire, ni chiffrer, je pris les affaires en main pour gouverner le ménage, comme avait fait l'abbé; en sorte que tout le monde m'appelait M. Guillaume, gros comme le bras, dans la maison.

Un matin qu'elle était dans son lit, et que je lui rendais compte de quelque chose, elle me va dire : Tu vois, Guillaume, que j'ai beaucoup de confiance en toi; j'espère que tu ne me trahiras pas comme ce fripon d'Évrard. — Oh ! pour cela non, madame, ce lui fis-je, car il faudrait que je fusse un grand misérable. Et là-dessus je lui baise la main d'un bras qu'elle avait hors du lit.

Comment donc, dit-elle, tu es galant? — Oh ! madame, répondis-je, je voudrais être aussi galant que vous êtes belle, afin de vous être autant agréable. — Mais sais-tu bien, reprit-elle, que tu me fais une déclaration d'amour, et que je devrais m'en fâcher? — Qu'est-ce que cela vous avancerait, dis-je à mon tour? il n'en serait ni plus ni moins, et il vaut mieux que vous soyez bien aise que fâchée. Je sais bien qu'un homme de mon acabit n'est pas digne que vous correspondiez à son dire; mais si vous aviez cette bonté-là, vous ne vous en repentiriez pas par la suite. — Je le veux croire, répondit-elle; ou je serais fort trompée, ou tu es un honnête homme; mais ce n'est pas encore assez, il faut être discret. — Oh !

n'ayez pas peur; allez, madame, lui dis-je, je suis muet comme une carpe quand il le faut.

Là-dessus elle se mit à rêver, et moi à prendre la main, puis son bras; en sorte que je découvre la couverture, à l'endroit de son sein, qui était blanc comme de la neige. Je me hasarde à mettre un doigt dessus un, et puis toute une main, ensuite les deux sur les deux; comme elle rêvait toujours, sans que cela la fit revenir en rien, je me hasardai de lui prendre un baiser. Oh! c'est cela qui la fit revenir : Retire-toi, Guillaume, dit-elle, en se mettant à son séant ; tu es trop hardi, ou je suis trop faible. — Eh bien ! madame, repartis-je, laissez faire à ma hardiesse et à votre faiblesse. Cela fera que nous aurons tous deux contentement. — Non, répondit-elle, aussi bien j'entends ma femme de chambre : retire-toi, et surtout songe que tu ne peux me plaire que par la discrétion. Et comme la femme de chambre venait véritablement, je dis à madame, en me retirant, que sur ce pied-là je comptais que mon affaire était dans le sac.

Je ne lui avais parlé, et fait ce que je viens de dire, que parce que j'avais reconnu qu'elle avait de la bonne volonté pour moi, depuis un certain temps. Cela se

déclara bien mieux le lendemain, que nous mîmes
toutes nos flûtes d'accord, pour vivre, par la suite,
d'une bonne amitié parfaite avec toutes sortes de
circonstances, les meilleures et les plus agréables;
sans que qui que ce soit s'en soit jamais aperçu au
point que c'était.

Cela a duré, de cette façon, pendant plus de près
de dix ans, qu'elle m'a fait le bien dont je vis à
présent à mon aise : après ce temps-là, cette bonne
dame mourut, en me laissant encore quelque chose
par testament, de même qu'à ses autres domestiques.

Depuis sa mort, je suis à la campagne près de
Paris, d'où j'ai appris du maître d'école à écrire et
lire dans livres, qui m'ont fait venir l'envie d'en faire
un à mon tour, comme je vois que tout le monde
s'en mêle.

Si ces quatre histoires-là ne déplaisent pas au
public, elles ne déplairont pas à d'autres, à coup sûr :
cela m'encouragera; et qu'est-ce qui m'empêcherait,
après cela, de tomber dans le bel esprit? de plus,
que sait-on ce qui peut arriver dans le monde? Je
ne suis pas plus gros qu'un autre; et puis, d'ailleurs,
la porte de l'Académie n'est-elle pas belle et grande?

en tout cas, qu'est-ce qu'on peut me reprocher ? Que j'écris comme un fiacre. Il y en a bien d'autres qui écrivent de même; et si pourtant ils ne l'ont jamais été?

AVENTURES

DES

BALS DE BOIS

LES

BALS DE BOIS

——

LETTRE

De M. le comte Z''' à M. le marquis, etc.

ONSIEUR, cher ami et marquis, c'est pour vous dire que je ne vous regrette point ce port; quand vous seriez encore moins généreux qu'assurément vous ne l'êtes pas, vous verriez avec contentement, le récit de nos joies et l'amusement de nos plaisirs. Je crois que vous êtes instruit de l'heureux mariage de notre incomparable Dauphin; si vous ne le savez, je vous l'apprends.

La bonne ville de Paris a fait la magnifique, on peut assurer qu'elle a tout mis par écuelles, pour en témoigner son plaisir; elle a donné sept grands bals *gratis*, qu'elle a fait bâtir par exprès, pour ne servir

qu'à ça : c'était, comme qui dirait, de belles halles.
Là, l'on a vu des violons, des lumières comme en
plein jour, et beaucoup de bonnes choses à boire
comme à manger; à vous dire le vrai, c'est là ce
qu'on appelle des fêtes, et cela vaut bien mieux que
des fusées violentes. Ce n'est pas qu'il n'y en ait eu,
peut-être même en plus grand nombre, mais, sauf
votre respect, d'une autre nature : les Parisiens sont
trop attachés au Roi pour avoir manqué à ce qu'ils
lui devaient dans une si belle rencontre. Vous savez
que je suis assez bien faufilé, et que je vais beaucoup
dans les compagnies ; je me suis fait un plaisir, rapport à vous, Monsieur, cher ami et marquis, de ra-
masser plusieurs histoires, qui sont arrivées dans le
nombre, et de vous les adresser. Il y en a par-ci,
par-là, de vos amis, qui vous regrettent souvent en
trinquant le verre à la main et la larme à la bouche.
Sur ce, Monsieur, cher ami et marquis, vous priant
d'excuser la liberté, je suis et serai toute la vie, votre, etc.

PREMIÈRE AVENTURE

Arrivée au Bal de la Porte Saint-Antoine.

Notre ami Guillaume l'Engelé, qui, comme on sait, a une renommée, et qui pète plus haut que le cul, rapport qu'il rote souvent, ce qui faisait qu'il ne pouvait pas aller au bal, sans être pris pour lui à cette manière de soubresaut de son cœur, qu'on découvrait toujours au travers du masque ; mais aussi avait-il une drôle de femme, qui savait bien son pain manger, pourquoi elle en prenait de chez plus d'un boulanger : arriva de tout ça qu'elle eut beaucoup d'enfants par le canal de ses amis ; car un ancien a eu grande raison de dire, dans un de ses beaux livres, que pour avoir bien des enfants il faut

avoir bien des amis, et encore il faut en acquérir
d'autres, quand ce vient l'âge de les pousser. Comme
c'était uue commère de la joie, vous imaginez bien
qu'elle ne manqua pas la circonstance des bals de
bois, pour y faire de nouvelles connaissances dans le
beau monde qui y afûuait; et comme elle avait ouï
dire, dans le cimetière Saint-Jean, que ce seraient
des bals parés avec illuminations, et qu'on était en
deuil, elle mit sa belle robe de serge noire, sur laquelle elle avait fait peindre, d'une manière bien
entendue, un grand nombre de lampions ; car, pour
ces occasions, il faut donner un peu dans une magnificence qui puisse faire de l'honneur au goût de
la porteuse.

M. Hurel, qui était la coqueluche du faubourg
Saint-Marceau, et qui reconnaissait les visages, à ce
qu'il prétendait, à la marche des personnes, fut assez embarrassé de reconnaître celui de madame
l'Engelé, parce qu'il ne l'avait jamais vue marcher;
mais, comme marchand d'oignons se connaît en ci-
boules, et que, par cette raison, il avait bien de la
finesse pour ouvrir une connaissance, et qu'il était
retors, il entama ainsi la conversation, sans faire
semblant de rien, comme pour tâter le terrain : Ma-

dame, il y a bien du temps que je suis mécontent
de mon marchand de chandelles; si vous vouliez me
dire franchement votre nom, j'en prendrais chez
vous, dès ce soir, pour la semaine. — Madame l'Engelé, qui n'était pas femme à se laisser tondre, parce
qu'elle se sentait bien de ce qu'elle était, lui fit voir
bien vite qu'elle avait la réplique à la main, en lui
donnant un soufflet comme par plaisanterie. Apprenez, impudent, lui dit-elle fort sec, à ne point vous
méprendre, et à ne pas déshonorer une sage-femme,
en la prenant pour une vendeuse de bougie grasse.
— Dans le moment qu'elle eut lâché ce mot de sage-
femme, qui était dans cet endroit-là comme mars en
carême, on entendit, dans un coin du bal, quelques
plaintes qui disaient : Ah! bon Dieu! je vais accoucher; que dira ma pauvre mère? Et tout aussitôt
d'ouïr les salutations du nouveau venu, qui disait,
à sa façon, bonjour à la compagnie.

Madame l'Engelé, qui croyait bien que c'était quelque marquise qui était venue là pour mettre bas son
enfant, comme elle l'avait fait sans que son mari en
eût connaissance, se dépêcha bien promptement d'aller
manigancer ça, et de prouver ainsi à M. Hurel qu'elle
ne vendait pas de chandelles. Mais est-ce que ne v'là

pas qu'au lieu d'une marquise, elle reconnaît, je ne
sais comment, que c'était sa fille Louison qui était
comme ça en travail? Ça lui donna d'abord bonne
opinion de sa façon de se déguiser, parce que, comme
elle n'était pas mariée, il était drôle de faire croire
à un public, en accouchant, qu'elle était femme;
mais comme madame l'Engelé savait bien reprendre
ses enfants à propos, elle crut, après quelques paroles
de plaisanterie, qu'elle était dans l'obligation de demander à sa fille pourquoi elle faisait ça. Dame, à
ce coup, Louison, qui ne se déferrait pas si facile-
ment que la cavale de notre curé, lui dit bel et bien
qu'elle gardait toujours le plaisir pour le dernier, et
qu'elle avait mieux aimé accoucher devant, pour se
marier par après, que de se marier d'abord, pour
accoucher par ensuite. Madame sa mère, sentant
bien, dans le fond d'elle-même, qu'il n'y a pas trop
de réponse à ça, lui demanda, par manière de conversation, de quelles œuvres elle était devenue dans
ce bel état-là. Mais ça lui fit bien de la honte, quand
Louison répondit tout net que c'était de Jacquet, le
porteur d'eau. — De Jacquet, cria madame l'Engelé,
d'un porteur d'eau! ah! quelle défaillance pour une
femme comme moi! — Eh! ma mère, dit la souf-

frante, en vérité de Dieu, ce n'est pas ma faute; il
me déclara qu'il voulait que nous fussions aussi amis
que ses deux seaux, et puis je ne sais pas de quelle
tournure il s'y prit; mais si j'avais su ce qu'il faisait,
voyez donc, est-ce que je l'aurais souffert? A présent, que j'ai quelque doutance de ses manœuvres,
qu'il y revienne, il verra.

Hélas! la pauvre innocente, dit madame l'Engelé,
je vois bien que ce n'est pas de sa faute, j'y aurais
été prise tout comme elle; et ça ne serait pas arrivé,
si je lui avais donné plus de connaissance des manières du monde. Et là-dessus on emporte Louison:
mais comme madame l'Engelé avait voulu faire contre fortune bon cœur, elle tomba tout aussitôt
éblouie sur le ventre, pour ne pas dire sur le nez,
sans connaissance; et, sauf votre respect, ses cotillons se levèrent, de façon qu'on vit son derrière,
sur lequel elle avait oublié de mettre un masque. On
aurait été bien embarrassé de savoir qui c'était là,
si M. l'Engelé, qui se doutait bien, en homme d'esprit, qu'à ce bal-là il y aurait d'autres roteurs que
lui, n'eût pas cru qu'il pouvait y aller sans se com-
mettre, avec trois de ses amis, qui, apercevant la
physionomie de madame, la reconnurent du premier

coup, et dirent tous les trois, comme par inspiration,
à M. l'Engelé : Parle donc, compère, m'est avis que
ce derrière-là, c'est de ta femme. — A quoi voyez-
vous ça? répondit bien fièrement M. l'Engelé. —
Pardi, dirent les autres, c'est qu'elle l'a comme du
chagrin; et quand on l'interroge sur la cause de ça,
elle dit que c'est le chagrin que tu lui donnes, qui
se jette là. — Oh bien, reprit M. l'Engelé, elle a peur
apparemment, de me faire de la peine en me le découvrant; car, dès qu'elle est avec moi, elle se couche sur le derrière : oh! pour ça, il faut convenir
que c'est une brave femme.

Vous croyez bien qu'on ne la laissa pas là, parce
qu'elle se serait enrhumée; on la rapporta chez elle,
on la fit revenir; et encore, quant à présent, elle ac-
couche les femmes et les filles, comme si de rien n'é-
tait.

DEUXIÈME AVENTURE

Arrivée au Bal de la Barrière de Sève.

DANS une des belles réjouissances qui se trouva dans la rue de Sève, nous allâmes, comme de raison, pour en avoir notre part; ma tante Guichard était avec nous; M. Bertrand, le Clincailler, qui fait le coin, lui donnait la main; la cousine Perrotin était menée par le jeune Grand-Jean, et cadet Paulmé me donnait le bras. Assurément l'on peut dire que nous étions la plus belle compagnie du bal, et que nous aurions été remarqués, quand bien même il y aurait eu d'autre monde qu'il n'y avait pas. Après avoir dansé la Vigoureuse [1] avec un Sultan qui avait un

---

1. On n'a jamais pu retrouver cette danse; apparemment qu'elle est ancienne, ou que c'est une faute d'impression.

masque de papier, il me proposa d'aller me rafraîchir ;
j'y consentis ; et nous attrapâmes une bonne bouteille
de vin, que notre ami du pied de biche ne nous aurait
pas donnée pour quinze. Nous eûmes encore un plût
à Dieu et une moitié de poularde fine, dont il me
donna fort honnêtement une aile et le fondement ;
ensuite il tira de sa poche une tasse d'argent ; il
l'essuya avec son mouchoir, me servit à boire, de
façon que nous prîmes du rafraîchissement fort à
notre aise. Nous étions placés, comme je vous l'ai
dit, s'il m'en souvient, auprès de la buvette ; et le
Sultan, qui ne perdait pas un coup de dent, eut encore
le bonheur d'attraper un grand et beau gigot de
mouton froid ; ensuite il me proposa de faire avec
moi le tour du bal. J'y consentis, sans penser à ce
qu'il avait fait du gigot ; car pour moi, j'en avais ma
suffisance ; je croyais peut-être qu'il en avait fait un
présent à quelque Demoiselle qu'il avait trouvée, de
sa connaissance. Nous marchions dans la foule : mais
je voyais que tout le monde riait en nous voyant passer, et que l'on se poussait pour nous regarder : quoiqu'assurément, dans un bal, tout soit de carême-
prenant, il y a de certaines risées qu'une honnête
fille n'aime pas à être l'occasion ; mais, après avoir

vu longtemps que je ne voyais rien, je m'aperçus
que le Sultan ne marchait pas comme il avait dansé,
et qu'il tortillait du cul, un tant soit peu bien fort.
Je le lui témoignai en me retournant vis-à-vis; mais
comme le manche fait ordinairement reconnaître le
gigot, je vis qu'il l'avait placé entre ses jambes, et
que le manche sortait. Il faut convenir qu'il y a des
gens qui savent bien peu leur monde, et soutenir
leur déguisement; car je ne crois pas que ce soient
là des manières de Sultan.

TROISIÈME AVENTURE

Arrivée au Bal du Carrousel.

NOTRE bon ami M. Jean Pain-Mollet, qui a pris le nom de sa rue, comme on voit M. Champagne porter celui de sa ville, avait toujours comme ça de drôles d'imaginations. On dirait qu'il jette l'argent par les fenêtres ; et l'on se trompe bien lourdement, comme dit cet autre ; car tous nos bons garçons de la Grange-Batelière furent bien confondus l'année dernière quand ils lui virent acheter deux sols et demi ou six blancs, à la foire Saint-Clair, un masque de pain d'épice, au lieu de prendre, comme eux, quelque sifflet ou trompette, qui est un meuble d'amusement, comme on peut voir quelquefois;

tous les ans, à la foire Saint-Ovide; mais Jean Pain-
Mollet, qui voyait plus loin que son nez, avait dessein
de plaire, avec ce masque-là, à mademoiselle Jacqueline d'Osier, dont il avait pressentiment qu'il pouvait
faire son chemin, à un bal qu'elle avait dit qu'on lui
donnait le jour de sainte Pétronille, sa fête; car elle
avait pris ce nom-là aussi, comme on voit quelquefois d'aucunes personnes qui prennent des noms de
baptême, quand ils ont fait fortune; ce qui est une
grande marque de bonté et d'attention de leur part.
On me demandera, à ce que je m'attends de la part
de quelque critique, quel chemin M. Jean Pain-Mollet
comptait faire auprès de Jacqueline d'Osier; je
pourrais répondre fort naturellement à ça qu'il
prétendait faire la route de coutume: mais ça n'apprendrait pas au public une aventure croustilleuse
qu'il est à propos qu'il apprenne, à condition qu'il
n'en dira rien : c'est que mademoiselle d'Osier avait
de sa nature le teint de la peau un peu beaucoup
couleur de pain d'épice; et comme notre ami Jean
Pain-Mollet avait entendu dire dans le monde, en
courant les rues, que le sexe se trouve toujours content de son visage, il avait eu dans l'imagination de
son esprit, qu'en mettant sur le sien un masque de

7

même uniforme qu'était mademoiselle Jacqueline,
ça faisait une galanterie qui devait naturellement lui
faire du plaisir à elle. Ça fit qu'il l'aborda dans un
des bals avec son déguisement, et lui parla de cette
manière : Mademoiselle, comme vous avez l'esprit
bien chargé, vous avez vu sans doute dans vos lectures
d'histoires, car vous ne lisez pas de livres de romans,
qu'autrefois MM. les chevaliers portaient, comme qui
dirait, des livrées de leurs maîtresses : or, comme
vous n'avez jamais eu de laquais ou, pour mieux
dire, de garçons, et que vous n'avez point encore eu
assez de confidence en ma discrétion pour me
communiquer quelle couleur était le plus à votre
goût, je me suis douté, à part moi, que c'était
celle de votre agréable visage, et tout d'abord j'ai
voulu porter la livrée du vôtre, en me présentant
à vos regards avec ce masque de pain d'épice. Mademoiselle Jacqueline d'Osier démontra à ce coup
qu'elle avait bien de la modestie ; car, au lieu d'être
bien enflée de cette louange-là, pour punir M. son
amoureux d'avoir osé publier son éloge, elle lui donna
un bon soufflet, qui aurait sûrement mis le masque
en compote, s'il avait été aussi bien de croquet comme
il était de pain d'épice. Naturellement, Jean Pain-

Mollet, qui avait appris la latinité, parce qu'il avait
été deux ans répondeur de messes aux Quinze-Vingts,
plaça ce passage d'une ode d'Horace, comme s'il
avait été de l'Académie : *Et turpiter atrum desinit in
piscem mulier formosa superne.* — Gageons, dit mademoiselle Jacqueline en riant, que ce sont là des
sottises. — Mademoiselle, répondit M. Jean Pain-
Mollet, il y a sottises et sottises ; celles-là disent qu'une
femme qui est belle par le nez, révérence parler,
n'est pas de même si agréable par tous les bouts. Et
là-dessus il s'en alla, après avoir donné ainsi son
paquet à mademoiselle d'Osier, qui n'en fut pas moins
pour sa couleur de pain d'épice. Je m'attends bien
que mon lecteur est inquiet de ce que deviendra le
masque ; car, puisqu'il n'a pas été cassé par le soufflet,
il faut qu'il soit en son entier ; et, s'il est entier, il faut
savoir quelle charge il va avoir auprès de M. Jean
Pain-Mollet. Il va rester dans le tiroir de sa salle, parce
que M. Jean Pain-Mollet, qui savait, par le cocher d'un
pot-de-chambre de ses amis, qu'on devait marier
madame la Dauphine, un an après, avec le fils du Roi,
se douta bien qu'il y aurait bien une petite fête à cette
occasion, qui pourrait bien en être une de faire repa-
raître le masque de pain d'épice. Il ne se trompa pas,

car il s'en couvrit le visage au bal de bois du Carrousel ;
mais il arriva que mademoiselle d'Osier, qui avait
fait un enfant à quatorze ans, pour s'accoutumer au
mariage, dit à son fils, qui en avait déjà douze, de
venir avec elle au bal du Carrousel, et de prier une
pension du fauxbourg Saint-Antoine de venir avec
elle. Ne velà-t-il pas qu'elle reconnut le visage de
M. Jean Pain-Mollet, en apercevant son masque, et
qu'elle lâche après ses trousses toute la pension, en
disant : Ce monsieur-là a un visage sucré. Aussitôt
dit, aussitôt fait; on sauta après le nez de M. Jean
Pain-Mollet, qu'on trouva être un bon manger, et les
yeux de même, et les joues encore mieux, parce
qu'elles étaient plus charnues; et quand le masque
fut mangé, et que la pension vit un autre visage
dessous, elle crut qu'il était encore sucré, et le mordit;
ce qui fut cause que M. Jean Pain-Mollet se sauva,
après avoir perdu queuque morceau d'oreilles et
autres lieux; ce qui fait bien voir que c'est un grand
malheur, quand on ne sait pas faire les plaisanteries
qui conviennent aux personnes.

QUATRIÈME AVENTURE

Arrivée au Bal de l'Estrapade.

Cᴏᴍᴍᴇ̀ʀᴇ, j'ai vu des mascarades où l'on ne connaissait rien, mais, rien du tout, et qu'un sorcier n'aurait pas devinées : vous avez perdu, ma commère, de ne pas venir voir ça; fallait laisser gronder votre homme; on n'a pas du bon temps tous les jours : il était malade, dites-vous, vous n'en pouviez donc rien faire, le lendemain vous l'auriez tout ragaillardi par les beaux contes et les belles histoires que vous auriez à présent à l'y faire. Pour ça, ma commère, j'en ai pour ma vie, moi, à conter et conteras-tu. Y en avait un, entre autres, qui n'était pas grand; non, ma foi de Dieu, il n'était pas plus haut que la petite Manon à

la commère Poirée; je ne puis m'empêcher de rire
de sa drôle de figure; c'est un facétieux corps, il faut
l'y donner ça : il avait deux masques sens devant
derrière; par ainsi, on ne savait bonnement quand
il avançait ou quand il reculait : il avait un escofion
de demoiselle; et j'aurais juré de queuque côté que
je m'y prisse, que c'était une petite fille qui était logée
à la veuve j'en tenons. Ce qui me chiffonnait malheur
est que devant comme derrière elle paraissait avoir
la même charge. Vous sentez bien, commère, que ce
n'était pas naturel; aussi je ne savais bonnement
qu'en penser, et je ne pouvais cesser de la dévisager,
tantôt par ici, tantôt par ilà; tantôt croyant que
c'était le bon côté, tantôt que ce ne l'était pas. J'en
étais là; velà-t-il pas qu'on lui marche sur le pied!
elle de crier un gros mot, tout à droit, d'une petite
voix; moi, de dire aussitôt : Bonne Vierge, prenez
garde à son fruit. Tout le monde qui était là se presse
et lui fait place; l'un lui va querir du vin, l'autre
du rogome et de staffaire de toutes les couleurs et
de toutes les façons : elle vous prend tout ça, ma commère, comme je ferais me portant bien. Il est vrai,
faut tout dire, qu'elle ne buvait jamais que d'un côté,
car je la regardais fixement. Tandis que nous la

tenions dans nos bras pour la réconforter, qu'en arriva-t-il ? le diable de masque ne s'était-il pas saoulé bel et bien, ma commère ? Ce n'est pas tout ; velà-t-il pas le vin qui vous l'y porte à la tête, la velà qui se trouve mal, et qui ne connaît plus rien ; enfin finale, si saoule qu'elle ne pouvait dire pain. De tout ça, ma commère, je ne m'en doutais pas plus que vous ; je la croyais en travail pour se délivrer. Ah ! si j'avais su ce qui en était, ça ne se serait pas passé comme ça : mais n'importe ; nous la couchons sur un banc, nous la confortons, nous la retournons, nous la tâtons, et nous trouvons toujours la grossesse de deux côtés ; nous ne savons par quel bout nous y prendre, à l'égard de ses deux chiens de visages, vous entendez bien. Mais veci le bon ; vous ne devineriez jamais, ma commère, ce que c'était que ça. Nous y serions encore, entendez-vous, si je ne l'avais deviné en touchant ; car, à la parfin, je lui ôtai tous ces masques de partout, et je vis que c'était un vieux vilain, bossu du devant comme du derrière, qui s'était fagotté en demoiselle, que j'aurais juré qui était grosse, comme je ne l'étais pas. Ah ! dame, voyant ça à n'en pouvoir douter, je ne fus ni sotte ni étourdie, mais je me trouvai penaude, et si honteuse de l'avoir pris pour

un autre, que nous l'emportâmes par les pieds et par
la tête, la grosse Jacqueline et moi, et que nous le
portâmes à la porte du bal, et fort proprement;
comme il le méritait, nous le mimes, fort bien comme
ça, dans un gros tas de boue, où nous le couchâmes
tout brandi, si bel et si bien, qu'il y était encore,
j'en jure, le lendemain matin, qu'une belle madame
de condition, que l'on dit être de qualité, l'est venue
chercher pour l'épouser demain.

CINQUIÈME AVENTURE

Accident arrivé dans un des Bals.

BILLET de Jean Brûlé, dit *Babine*, trouvé par une compagnie avec qui il devait aller à un des bals de bois, qui ne le reçut point ; mais bien une autre inconnue, qui l'a trouvé, par hasard, par terre.

« M.....

« Je suis bien fâché de ne pouvoir aller au bal de bois avec vous ; mon ami Le Duc, traiteur de la rue Auz-ou, sort de chez moi ; le maréchal des mousque. taires m'attend ; je vais dîner chez le suisse du Luxembourg : il faut que j'écrive au marchand d'andouilles de Châlons ; et je ne puis me dispenser de me faire décrotter.

On avertit que l'on rendra ce billet à ceux à qui il peut appartenir, quoiqu'il soit un peu défiguré ; la raison, c'est que l'on a beaucoup marché dessus : mais on a cru devoir rapporter cet accident, pour faire voir comme quoi les lettres se trouvent perdues, quand elles ne sont pas rendues à leur adresse, ou autrement ; et comme elles reviennent, lorsqu'on n'y songe plus du tout, quand on les trouve. Ce qui fait bien voir à la jeunesse que le style de l'écriture est bien dangereux.

SIXIÈME AVENTURE

IL n'était pas bien difficile de savoir qu'on serait sûr
que le plaisir des réjouissances pour le mariage de
Monseigneur le Dauphin serait la cause de beaucoup
d'aventures secrètes dont on ferait part au public. En
voici donc une, qu'on sait assurément de bon lieu :

Un procureur de Paris, nommé M. Pinson, qui le
porte aussi haut qu'un conseiller de province, n'étant
pas obligé de travailler pour cela en faisait autant
faire par ses clercs. Sa femme, qu'on nommait aussi
madame Pinson, était sur le pied d'une dame de
condition; et ce qui prouve qu'elle hantait des gens
de cour, c'est qu'on voyait même des pages aller chez
elle. Elle avait donc une honnête liberté, et faisait

tout ce qu'elle voulait. C'est pourquoi, ayant entendu
dire qu'il y avait beaucoup de gens d'épée aux bals
de bois, c'est-à-dire dans les belles salles magnifiques
que M. le prévôt des marchands a fait faire pour
faire rire le peuple. Ce n'est assurément pas par
flatterie, ce que j'en dis, et ce n'est pas pour à l'égard
de moi; car je suis un homme d'une certaine façon,
qui ai le moyen d'aller toujours dîner chez mes amis,
et que je n'ai fait collation au bal que parce que je
vis avec tout le monde. Si bien donc qu'après qu'on
eut ordonné que toutes les boutiques seraient fermées,
et qu'il n'y avait rien d'ouvert qu'à la joie, il fallait
voir comme tout le monde courrait au bal, dès le
matin; mais le soir, quand les violons commencèrent
à jouer, on ne voyait que des gens qui buvaient et
mangeaient à la santé du roi ; de sorte que, comme
dit un bel esprit, tout le monde était saoul de vin et
ivre de plaisir. Ce qu'il y avait encore de plus admirable, c'était le bel ordre qui s'y observait. Ceux qui
ne pouvaient plus danser, rapport qu'ils étaient las
d'avoir bu, on les rangeait à couvert, dans les salles
ou dans les rues, et il était même défendu de danser
sur eux; ainsi tout le monde a fini, le matin, par
coucher chez soi ou ailleurs. Pour en revenir donc à

madame Pinson, elle se déguisa en cavalier, ce qui
lui attira beaucoup de galanteries de la part des
personnes qui se connaissaient en beautés ; mais
lorsqu'elle y songeait le moins, des racoleurs la
prirent sous le bras, et voulurent l'emmener. Les cris
qu'elle fit furent entendus de son mari, qui était venu
au bal, de son côté, déguisé en amazone ; mais,
comme il avait oublié de se faire la barbe, on le prit
pour un imposteur, et on le bourra. Madame Pinson,
voyant maltraiter son mari, qui venait la secourir,
soutenait qu'elle était sa femme. Les racoleurs, pour
s'en éclaircir, l'emmenèrent dans un cabaret voisin,
où elle leur fit voir qu'elle ne mentait pas ; ce qui fit
que son mari fut reconnu pour honnête homme, et
en sortit à son honneur.

SEPTIÈME AVENTURE

D'un prince et d'une princesse, arrivée à un des Bals de la place Vendôme.

CE prince et cette princesse-là étaient pourtant mon cousin et ma cousine, tel que vous me voyez ; ils s'appelaient, de leur nom naturel, monsieur et madame Miche-en-bled, qui s'aimaient bien, et se battaient toujours ; mais de leur nom de déguisement il n'en était pas de même. Un chasse-marée m'a conté hier à Saint-Denis, en buvant à l'Arbalète, que mon cousin et ma cousine se lassant de coucher dans le même lit, où ils se mordaient toujours, sans que cela aboutit à rien qu'au plaisir de se mordre, ils avaient résolu de se sauver en beau catimini, et

d'aller au bal de bois de la place Dauphine, qui était
le plus beau de tous, comme étant le plus voisin du
cheval de bronze. La cousine eut d'abord la première
volonté d'emprunter l'habit d'un garçon apothicaire
de ses amis, qui avait fait partie, tout seul, d'y venir
pour s'y masquer; mais elle fit réflexion que des
embaucheurs pourraient bien la jeter dans un four, et,
comme on dit dans le peuple, l'obliger de s'enrôler,
à force de lui ficher le tapin : cela fit qu'elle quitta
cette imagination, et qu'elle aima mieux se déguiser
en princesse ; elle en trouva les facilités par le moyen
de ses amis du quartier, comme la voisine madame
de Lorme (car c'est une madame, puisqu'elle est
sage-femme reçue à Saint-Côme), qui lui prêta sa
robe de damas, couleur de feuille morte ; la veuve
de l'Étoile, qui lui donna, en pleurant, les bas blancs
de feu son mari, sergent aux gardes ; et le compère
Guillemet, qui lui fit présent, pour une heure, en
riant, de la coëffure de sa défunte femme, qui était
revendeuse à la toilette.

Le cousin Miche-en-bled, de son côté, qui trouvait
ses projets tout d'abord, et qui était aussi long à les
exécuter que s'il les avait trouvés bien tard, se déter-
mina à se déguiser en prince; et, pour y réussir, il

trouva le moyen, par ses connaissances, d'emprunter
l'habit d'un page.

Les voilà tous deux, sans faire semblant de rien,
tout au beau milieu du bal : nous allons voir ce qui
va leur en arriver, et comme quoi ils eurent chacun
un pied de nez; car le cousin Miche-en-bled, qui
avait de la présence d'esprit le lendemain de la veille,
et la cousine, qui avait de la sagesse une heure après
qu'un homme l'avait quittée, se trouvèrent là comme
de cire, sans se reconnaître, quoiqu'ils se doutassent
bien qu'il y avait queuque chose là-dessous. Cependant
l'anguille se mit sous roche comme d'elle-même ; car
M. Miche-en-bled, qui, en voyant madame Miche-en-
bled vêtue à la princesse, soupçonna bien vite que
c'était une bonne bourgeoise, l'aborda avec honnêteté et civilité, et lui offrit, comme par manière de
conversation, une saucisse qu'il portait toujours;
car il disait fort joliment que les saucisses sont,
comme les olives, bonnes quand elles sont pochetées.
Madame Miche-en-bled jugea bien, par ces belles
manières-là, que c'était queuque gros seigneur, puisqu'il avait une saucisse pour représenter en public, et
répliqua, avec un grand savoir-vivre, que, puisqu'il
le voulait absolument, elle en mangerait le petit

bout; ce qui fit qu'on la tira. Elle crut devoir demander, comme par manière d'éloge, quel était son
charcutier; mais il répondit, pour la dépayser, qu'il
apportait la saucisse des pays étrangers, et là-dessus
prit occasion de lui apprendre qu'il était prince, et
de plus gentilhomme, et que son père avait une charge
de secrétaire du Roi. Là-dessus la cousine Miche-en-
bled lui fit bien de petites avances d'amitié, ce qui
lui fit d'abord soupçonner que ce pouvait bien êtr^e
sa femme; car il connaissait de quel bois elle se
chauffait; et il n'y avait pas jusqu'à son frère, l'habillé
de noir, qui n'en fit des gorges chaudes. De fil en
aiguille, elle se mit aussi à deviser sur son état de
princesse; la conversation s'échauffa, et madame
Miche-en-bled encore davantage; de façon que, petit
à petit, le prince Miche-en-bled en était bientôt venu
à ses fins, parce qu'il l'avait tirée à l'écart après avoir
bu bouteille; et la princesse lui avait, à force de se
faire prier, déclaré qu'elle en était amoureuse, parce
qu'il était un homme de qualité. Mais il prit un scru-
pule au cousin; il crut qu'un brave gentilhomme,
quand il se faisait prince, ne devait pas avoir de
familiarité avec une femme sans savoir son nom
auparavant; et il lui demanda le sien. Elle dit qu'elle

était princesse d'un autre pays que la France; mais comme elle n'en était jamais sortie que pour aller à Marseille, et qu'elle était comme qui dirait un peu prise de vin, elle dit qu'on la nommait la princesse Très-volontiers. Aussitôt le cousin Miche-en-bled lui arracha poliment son masque de dessus son nez; il ôta aussi le sien; et, après avoir donné deux soufflets à sa femme, il la ramena, et la conduisit deux bouts de chemin, en lui donnant des coups de pied au cul. On ne sera pas étonné qu'il la reconnût au nom de la princesse Très-volontiers, parce que c'était le nom qu'on lui donnait quand elle était fille, et dont la mémoire de son mari eut souvenance mal à propos. C'est pour vous dire que tout le monde ne sait pas se déguiser, et que le pot s'enfuit toujours par quelque endroit.

HUITIÈME AVENTURE

Du Bal de la place Vendôme.

Lettre d'un cousin à son cousin, qui était en province.

MONSIEUR et honoré cousin, ces lignes sont pour vous faire part des plaisirs que vous m'avez demandés, passés dans Paris, à l'occasion présente. Figurez-vous, quand je dirais plus de vingt fois, ce qui s'est passé aux noces de notre chère tante Jeanne Touasse, dans la maison de M. le receveur des tailles, qui n'y était pas; et si pourtant nous avions enjolivé le grand hangar, que tout le monde en était étonné. Malgré cela, cela n'approche pas de cent piques de ceux d'ici. Il y en eut sept, faits avec du bois et de la toile peinte exprès, sous la figure de Bacchus, de 'hiver, de treillages de pierre et autres figures, qui représentaient tout autre chose, dont je ne vous ferai pas un trop grand détail. Il suffit que tout le monde dansait dedans, et on y était servi de toutes sortes de rafraîchissements, de dindons, de mouton cuit, avec du vin rouge tant qu'on en voulait; ce qui fut si magnifique, qu'on n'entendait presque pas les violons, tant on y riait. Tout cela, sans compter un autre grand bal fermé, pour les personnes de la dernière considération, qui avaient le moyen d'être propres; et où il y avait beaucoup d'autres choses à manger, soit en pâtés, jambons et friandises, qui a satisfait tous ceux qui en sont sortis.

Mais on voit souvent arriver, dans le public, des choses particulières. Voici ce qui est arrivé dans l'allée, d'à côté de chez nous, qui est vrai comme vous êtes mon cousin : c'est un nommé Jacques Beaurein, garçon brasseur, qui dit des drôleries depuis le matin jusqu'au soir, d'où vient que les filles du fauxbourg Saint-Marceau l'ont appelé le garçon embrasseur, étant fort facétieux de sa nature. Il est venu à épouser une apprentisse couturière, qu'il n'y a rien à redire contre elle, qu'une tache de vin sur l'œil gauche, qu'on ne voyait pas du tout, en la regardant de l'autre côté. Il a voulu faire le mariage le jour des réjouissances,

parce qu'il disait que cela servirait à ses noces, tout
comme si c'était lui qui avait payé ; mais on voyait
bien que c'était une plaisanterie à l'ordinaire.

Le mariage s'étant fait, il proposa à la mariée de
la mener au bal de l'Estrapade, qui s'en excusa sur
je ne sais quoi qui lui faisait mal. Quant à lui, il
passa la journée à se faire un déguisement en diable,
pour faire enrager toutes ses connaissances ; car,
quoiqu'il y en ait d'aucuns qui l'aient blâmé de ce
déguisement, qui peut, par hasard, porter malheur,
on peut dire qu'il y a bien de l'esprit à avoir l'idée
de cette imagination. Si vous l'aviez vu, mon cher
cousin, c'était à faire peur ; il avait mis une veste
noire, où il avait attaché je ne sais combien de coquilles
d'huîtres ; il avait passé ses jambes dans les manches
de sa redingote rouge ; il s'était fait des moustaches
noires comme un suisse ; il avait caché son nez avec
une grosse écrevisse cuite ; sa perruque était de
plumes de dindon ; il avait passé à son cou la chaîne
d'un tourne-broche, et s'était fait une queue avec la
crémaillère : enfin, on ne peut pas se mettre mieux,
et faut avouer qu'il fait de ses doigts tout ce qu'il
veut. Il partit de bonne heure, et laissa la mariée,
qui geignait, comme je vous disais tantôt ; pour lui,

il alla dans tous les beaux, mangeant et buvant comme tous les diables, et faisant *hou hou*, à tout le monde, comme ils font pour l'ordinaire, ce qui divertissait beaucoup de gens.

A trois heures du matin, il entra à la place de Vendôme, où, après avoir bien réjoui l'assemblée, en dansant en furieux, comme on fait à l'Opéra, il s'alla asseoir contre un homme déguisé en masque de paysan, qui tenait sur ses genoux un petit masque déguisé en Grand-Turc ; cela fit qu'il les examinait, et qu'il devina, au mouvement de leur contenance, qu'ils avaient voulu user de l'occasion d'un bal déguisé pour être tous deux en rendez-vous, d'autant plus qu'il les entendit dire des mots de françois, quoiqu'ils fussent déguisés en étrangers : il prit la balle au bond, et, par rapport à son déguisement, il leur cria avec sa grosse voix : Je m'en vais vous emporter tous les deux. Mais, la barbe du Grand-Turc lui étant restée dans la main, voilà qu'il reconnaît sa femme. Comment diable, dit-il, c'est toi, Marianne ? — Voyez, ce dit-elle, sans doute ; y a-t-il quatre heures que je cours les rues, pour chercher ce bon vaurien ; il a tant de hâte, qu'il oublie, à la maison, le plus principal de son déguisement. Tiens, voilà les cornes que je t'apporte. — En disant cela, elle en tira de dessous sa robe une belle paire, de bœuf, qu'il avait laissées sur son lit, et qu'elle lui attacha elle-même sur la tête. Il ne savait que dire, parce qu'il était dans son tort; mais M. La Rose, le sergent de milice qui était venu avec sa femme, tira de sa poche une carcasse de dindon et une bouteille de vin, qui fit changer la conversation. Le marié, pour n'être pas en reste, offrit aussi à sa femme un cervelas qu'il avait attrapé; mais elle remercia en lui disant qu'elle en avait mangé tout son saoul.

C'est donc pour vous dire qu'il n'est pas possible qu'il n'arrive toujours quelque chose : étant avec toute la considération que j'ai, monsieur mon très honoré cousin, votre très humble, etc.

NEUVIÈME AVENTURE

De la place Vendôme.

LES FILLES POURVUES

Quand on peut établir ses trois filles, faudrait qu'un père fût pis qu'un Jocrisse pour ne pas prendre l'occasion au gobet, surtout quand les filles trouvent agréablement le moyen de faire une semblable fin, sans que le père lui-même n'en sache ni quoi ni qu'est-ce, comme ce qui m'est arrivé par la gratification des *Bals de plain-pied à la rue*, aux divertissements des réjouissances des fêtes.

Le soir, quand j'étais à rosser ma femme, pour l'empêcher de se mettre en colère, dont c'est son habitude quand je ne veux pas me coucher, Jojotte, notre fille

aînée, que je n'avais pas vue de toute la journée,
non plus que ses deux sœurs cadettes, entrent toutes
trois, battant, comme on dit, la muraille de leurs
corps, tout de même que de vraies ivrognesses. Je
crus d'abord qu'elles contrefaisaient d'être saoules,
ce qui me parut d'un mauvais caractère ; car je n'aime
pas qu'on m'affronte ; et j'allais jouer du gourdin
(que nous appelons) sur leur échine, quand je m'aperçus qu'elles étaient naturellement de la manière ; ce
qui ne m'étonna pas, rapport qu'elles avaient badiné
avec une chopine d'eau-de-vie par tête, ce qui peut
surprendre une fille qui ne s'y attend pas. Je vis bien
alors qu'il fallait leur parler raison ; elles me deman-
dèrent la permission d'y aller (je veux dire au bal
des rues). Je les envoyai au diable, dont apparemment
elles prirent ça pour ma permission, et les voilà à
détaler chacune de son côté.

Jojotte arriva à la place de Vendôme ; et dès qu'elle
est entrée, comme elle tenait d'une main un cervelas
qu'elle avait attrapé en l'air, un masque habillé en
moustache, avec un baudrier, — je pense que c'était
un suisse du quartier, car il avait un plumet, — lui
prend l'autre main et l'emmène, lui disant : Eh ! je
crois que vous êtes ma femme : ou, du moins, c'est

comme tout de même, rapport que vous ressemblez
à la défunte. Et là-dessus Jojotte vient à se souvenir
qu'une bohémienne lui a prédit qu'elle n'épouserait
jamais qu'un carême-prenant, dont elle ne fit aucune
difficulté de s'en aller avec la moustache en question;
et le lendemain elle me fit savoir qu'elle m'avertirait
dans l'année, pour être le parrain de son premier
enfant, attendu qu'elle demeurait avec son époux au
Pont-au-Biche, près du Temple, où qu'ils font commerce de chiffons, peaux de chiens et autres marchandises qu'on trouve naturellement dans la rue, pour
peu qu'on y fasse attention. Et d'une.

Je fus trois jours sans avoir vent ni voix de Bastienne,
ma seconde fille; je commençais à me méfier de sa
conduite pour la manière de se comporter, lorsque
j'en reçus c'te lettre, qui me fit connaître toute la
gentillesse de son esprit :

« Mon cher père, vous m'avez toujours chiffonné
malheur sur le mariage, en me disant qu'à cause que
je suis volontaire pour faire mes fantaisies, et j'aime
assez à ne rien faire, je ne trouverais pas tant seulement un mari. Je vous avertis, mon cher père, que
j'en ai deux, ou à peu près; je suis fâchée de vous

faire voir en ça votre bec-jaune, rapport qu'il n'est
pas gracieux pour un père de famille de n'être qu'une
bête; mais il y allait de mon honneur.

» Je suis avec soumission, BASTIENNE. »

La troisième, c'est-à-dire ma fille Georgette, ne
me laissa pas dans l'inquiétude de l'embarras, comme
sa sœur, dont elle est puinée; dès le lendemain matin,
elle me fit dire par un garçon marchand de vin,
qu'elle s'était fait dragon dans le régiment de Graffin,
et que, la première fois qu'elle aurait brûlé deux ou
trois maisons à l'endroit de l'ennemi, elle ne man-
querait pas de m'envoyer de bonnes brides.

On voit bien à c'te fortune de ces pauvres chers
enfants le contentement d'un père; mais ma femme
surtout alla le conter par tout le quartier, pour se
faire honneur, dont véritablement tout le monde rit
et la complimenta, ce qui fait toujours plaisir à une
famille.

Ah ça, compère, à l'honneur que d'étouffer pinte
avec vous.

LES

FÊTES ROULANTES

ET

LES REGRETS DES PETITES RUES

FÊTES ROULANTES

ET

LES REGRETS DES PETITES RUES

———

ᴇꜱ Romains ont eu leurs édiles; les Empereurs eux-mêmes ont cherché à amuser ce peuple indomptable, par des spectacles d'une magnificence égale à la puissance et à l'étendue de ce grand Empire. Cependant chaque objet de ces magnificences était fixe. Le théâtre fameux de Scaurus, qui fit tourner le peuple romain sur un pivot, était assurément une chose admirable; mais c'était une chose fixe et arrêtée, que l'on ne pouvait en quelque façon voir que d'un seul point de vue, et qui n'eut au plus que deux mouvements. Aujourd'hui la ville de Paris

donne une fête avec laquelle on se promène : elle-
même court les rues, on les court avec elle ; on la rencontre, on l'évite, on la gagne de vitesse. Les chars des
jeux olympiques n'avaient tout au plus que quatre
chevaux ; qui peut compter ceux dont il s'agit aujour-
d'hui? Les premiers n'avaient jamais de relais, ceux-
ci en auront plusieurs : ils auront vingt-cinq pieds de
long, tandis que cette Grèce si fameuse ne leur en
donnait au plus que trois : ces chars de triomphe,
qui ont satisfait la vanité des Consuls et des Empereurs de la superbe Rome, seraient traînés, eux et
les chevaux, quatre à quatre dans les chars de
Lutèce, qui doivent être à jamais célébrés.

Que Rome et la Grèce cèdent donc à Paris sur la
grandeur et l'étendue du volume, et qu'elles lui cèdent encore plus sur le poids que leurs chars
avaient à porter. En effet, des vainqueurs célèbres
par leur adresse ou par des victoires que d'autres
leur avaient souvent procurées, étaient d'une lé-
gèreté qui n'est point à comparer à la pesanteur
immense des vivres qui sont nécessaires pour
rendre tous les citoyens partisans d'une joie si
générale. Cette abondance roulante n'a jamais eu
d'exemple dans aucune histoire; je doute même

qu'elle puisse jamais être imitée : car, enfin, que de combinaisons heureuses n'a-t-il pas fallu pour les rassembler ! quelle imagination pour donner des livrées à la Gloire, à l'Hymen, etc.! Je m'arrête, l'admiration me conduirait trop loin. Mais je ne puis finir sans dire que la véritable magnificence est de dépenser beaucoup sans qu'on puisse s'en apercevoir.

Après avoir, en bon citoyen, rendu à une si belle fête la justice qu'elle mérite, je vais joindre à ce court éloge des éloges plus étendus ou, ce qui est la même chose, des relations et des descriptions de ces beaux chars, et rapporter quelques histoires arrivées à l'occasion de l'ordre et de la marche.

LE CHAR DE LA GLOIRE

On disait d'un grand seigneur fastueux, et par conséquent avare, qu'il n'avait jamais donné une fête de cent mille livres, qu'elle ne fût manquée pour avoir voulu épargner cinq sols. On pourrait encore dire la même chose des fêtes superbes qui furent données à l'occasion du premier mariage de M. le Dauphin. Ce n'est pas qu'on puisse reprocher aucune épargne à ceux qui en prirent soin, on ne peut que louer leur magnificence ; mais on doit les taxer d'un petit défaut d'attention : comment n'ont-ils pas pensé à charger quelque auteur célèbre de la description des fêtes, et du soin d'orner ce récit du détail des aventures qui se passèrent alors ? Si

l'on avait pris cette précaution, on n'aurait pas vu
de misérables auteurs donner à ce sujet des ouvrages tels que *les Bals de bois*. Ne voilà-t-il pas un beau
titre ? Et sans parler du plan, qui est manqué, on
peut dire que le style n'en est pas pur, et qu'on y
trouve plusieurs fautes de français. C'est pour prévenir de pareilles sottises qu'aussitôt que j'appris,
par les gazettes étrangères, les fêtes qu'on préparait
à Paris en secret, pour ménager la surprise, je me
préparai, sans même en avoir été chargé, à donner,
non pas une histoire exacte, mais des mémoires
fidèles et désintéressés, qui pourront servir, un jour,
à quelque historien distingué. Il trouvera la matière
riche et intéressante.

Quel avantage d'avoir à peindre l'abondance qui
a régné dans Paris ! N'avez-vous pas entendu parler
cent fois d'un pays de fées, que les alouettes y tombaient toutes rôties ? C'était bien autre chose ici ;
les dindons y pleuvaient de tous côtés ; sans parler
des cervelas, des andouilles des carmes et autres
galanteries, les saucisses étaient comptées pour
rien. Comme on avait été obligé de barrer les rues
pour la commodité du public, les plaisirs n'en étaient
que plus variés. On buvait, on mangeait et l'on dan-

sait dans les grandes salles ; on riait, ou l'on faisait autre chose, dans les petites : c'était partout noces et festins.

Quelle intelligence dans la construction des chariots ! c'étaient autant d'arches de Noé, non seulement parce qu'on y avait fait entrer toutes sortes d'animaux, mais encore par les commodités qu'on y avait ménagées. On ferait bien voir aux Troyens que leur cheval n'était qu'un âne !

Rien n'approche de l'ordre qui a été observé : par exemple, le Char de la Gloire passait assez bien partout, parce qu'il était conduit par des gens du premier au quatrième degré de mérite ; mais le char de Bacchus, qui était ivre, ayant pris le cul-de-sac de l'Opéra pour une rue, allait enfiler tout droit et écraser une de ces demoiselles, lorsqu'un homme galant se mit au-devant, tira la barrière et sauva la demoiselle ; de sorte qu'il n'entra que le timon, qui ne fit point de mal.

Voilà sur quel canevas on doit décrire la fête de la Ville ; et, pour les épisodes, on donnera le récit de quelques aventures dont elle a été l'occasion.

LE CHAR DE L'HYMEN

L E Char de l'Hymen est sans contredit celui que je
respecte le plus, parce que c'est le Char du Dieu
qui fait aujourd'hui notre bonheur ; mais j'aurais
désiré que son équipage contint moins de personnes.
Je l'aurais volontiers représenté sous la forme d'un
vis-à-vis ou d'une diligence : on aurait toujours pu y
employer, avec un succès égal, le céleste et argent
dont on lui a donné les livrées ; on aurait pu l'animer, le colorier, le rendre plus agréable, et peut-
être même y ajouter quelques impressions de jaspes
pour y donner un sous-entendu aussi fin qu'agréable ; mais les grands hommes ont toujours de grandes
et justes idées : et pourquoi le Char de l'Hymen est-

il en général si grand à Paris? C'est parce que c'est
une voiture dans laquelle on a coutume de mener
souvent bien du monde.

Il y avait dans ce char des instruments de toute
espèce, ce qui faisait bien bonne compagnie, d'autant que presque tous ces gens-là jouaient aigre et
parlaient faux, ce qui était d'une grande ressource
pour ceux qui aimaient mieux faire la conversation
que d'entendre jouer du violon ; et l'avantage était
égal pour ceux qui aimaient mieux entendre jouer
du violon que de faire la conversation. On ne pouvait pas comparer ce beau Char à un apothicaire
sans sucre, car toute la rue des Lombars y était ;
aussi la jeunesse de l'équipage s'amusait-elle à manger des cerises confites ; et comme il était ordonné de
présenter quelque friandise au peuple, on avait l'attention de lui jeter les noyaux au nez, et même dans
les yeux, si cela lui faisait plus de plaisir. C'est ce
qui arriva à un borgne, qui d'un coup de noyau
perdit son bon œil, et qui eut la présence d'esprit
de dire aussitôt : Bonsoir, la compagnie. Il y avait à
côté de lui un clerc de procureur, bel esprit, qui s'é-
cria : Je voudrais qu'il m'en eût coûté les deux yeux
et en avoir dit autant. Ce ne fut cependant pas là

l'aventure la plus tragique. On conçoit qu'on ne faisait pas tourner, comme un sabot, un char de cette taille : aussi il n'y avait point de tournant qui ne fît des reproches aux chars, parce qu'il n'y a point de char qui ne cherchât querelle aux tournants. A l'égard des lanternes, il n'y en avait pas plus que dans l'œil du borgne qui venait d'être aveuglé ; cependant la difficulté des tournants a donné lieu au projet de faire une ville sans tournants. On doit l'exécuter la première fois qu'on rebâtira Paris tout à neuf ; à moins qu'on n'exécute un autre projet plus simple, qui sera de faire, dans la suite, des fêtes sans chars.

L'aventure dont je parlais, quand je me suis interrompu, fut donc causée par un tournant. Le cocher de l'Hymen tourna trop court, et la voiture accrocha brusquement un auvent et le fit tomber dans le Char avec la compagnie qui était dessus. Il s'y trouva, entre autres badauds, deux garçons perruquiers, une marchande de charbon, un capucin et une hirondelle de carême. On se représente aisément que tous ces différents états culbutèrent les uns sur les autres, sans garder de préséance à qui passerait le premier. Le hasard fit qu'un des deux perruquiers tomba sur la charbonnière, l'autre sur l'hirondelle, et le capucin sur le perruquier. Le premier perruquier blanchit entièrement la charbonnière, et la charbonnière noircit le perruquier. — Fi ! l'impoli, s'écria-t-elle, qui me couvre de blanc ! — Ah ! la vilaine, répliqua le perruquier, qui me tache de noir ! — Les paroles s'aigrirent, la dispute s'échauffa ; ils en vinrent aux mains ; de façon qu'en un moment la vendeuse de charbon parut être une perruquière, et le perruquier un vendeur de charbon. Il y eut moins de débat entre l'autre perruquier et l'hirondelle de carême ; aussi leur affaire finit-elle par des éclats de rire ; le capucin se releva aussi blanc que la charbonnière, avec un peigne qui était tombé de la tête du perruquier, et qui s'était accroché à la barbe du révérend père ; le garçon le reprit, et le secoua longtemps comme une étrille.

Voilà ce qui prouve qu'il s'introduit toujours quelque chose d'étranger dans le Char de l'Hymen, lorsqu'on veut le faire promener dans les grandes rues, et surtout un jeudi gras.

LE VAISSEAU DE LA VILLE

QUELQUES Lecteurs mal intentionnés demande-
ront certainement qui je suis, pour oser entre-
prendre la description d'un vaisseau. Je n'ai autre
chose à leur répliquer, si ce n'est que j'ai passé une
partie de ma jeunesse dans les coches d'Auxerre, de
Nogent, de Montargis et de Melun ; je prends toutes
les semaines le villeneuviers. Pendant le voyage de
Fontainebleau, on ne voit que moi dans le Valvin, et
j'étais encore jeudi dernier dans le Drécol : je loge
plus souvent dans la galiote que dans ma chambre.
J'ai été à Rouen par les batelets : je suis né au Gros-
Caillou ; car feu mon père pêchait des écrevisses
avec des grenouilles, et mon frère prend encore des
anguilles. Il me semble que voilà assez de titres pour

faire la description d'un vaisseau ; je n'aurais pas eu la vanité d'en faire étalage, mais j'ai craint les mauvais propos ; et quoiqu'il ne faille pas être haut, il faut sentir ce que l'on est. Cela posé, j'entre en matière.

Il faut convenir, pour la gloire de M. le Prévôt des Marchands, que le vaisseau de la Ville est le plus beau qui ait jamais paru sur le pavé de Paris ; cela doit mettre les choses extraordinaires si fort à la mode, que je ne doute pas qu'à Venise on ne se serve incessamment de carrosses, au lieu de gondoles ; les équipages seraient bien plus doux, en allant sur l'eau ; mais aussi les vaisseaux seraient bien plus rudes, en allant sur le pavé.

Je suis persuadé que l'on serait très capable de donner à la Ville un bal paré en bottes fortes et une cavalcade en bas de soie. Revenons au vaisseau. Comme il n'était point de ces ouvrages qui n'ont ni tête ni queue, il avait pour pilotes un cocher et un postillon, aussi galants que leurs chevaux, qui citaient à tous moments ces deux beaux vers de l'opéra d'Alceste :

> Voyez sur mon vaisseau
> Le divertissement nouveau.

Il faut avouer, à notre honte, que MM. des mers ont bien plus de sel, dans l'esprit, que nous. C'est ce qui me fait croire que l'auteur du Grenier à sel de l'Esprit se mêlait de marine, lorsqu'il composa cet ouvrage, qui fut cause que plusieurs lecteurs l'envoyèrent par delà les monts.

On peut juger, par la citation du cocher et du postillon, de la science qui était dans notre vaisseau. On y savait tous les cahin-caha qui étaient le refrain de la fête ; on y dansait beaucoup, et l'on ne faisait que des balancés, à cause du roulis du vaisseau. Mais n'importe, quoique ces messieurs aient les pieds en dedans, cela n'empêche pas l'esprit d'y être. D'ailleurs, ils ont encore un avantage : c'est de se noyer beaucoup moins que nous, quoiqu'ils soient plus à portée que d'autres de cette commodité.

Mais je ne sais par quel hasard il arrive que beaucoup plus de gens se noient sur le pavé de Paris que sur la mer : c'est même ce que j'ai craint pour le vaisseau de la Ville, lorsque j'ai vu un officier tirer l'épée contre un des chevaux qui ne voulait pas avancer ; je suis bien sûr que ce cheval-là était un mauvais citoyen, de ne pas vouloir marcher en pareille occasion ; car pour quel jour réserverait-on

ses jambes ? Peut-être aussi ne voulait-il pas s'en
servir, parce que le cocher et le postillon n'étaient
point habillés en uniforme de mer; car naturellement ils devaient être en homard et en crabe; et
lorsque les chevaux virent que leurs guides n'avaient
pas l'habit de leur élément, ils en prirent la marche, en allant comme des écrevisses; c'est ainsi
qu'il faut mettre les remerciements en action.

Tous les matelots étaient des charcuitiers, des
boulangers, des rôtisseurs, des pâtissiers, tous
mieux vêtus que les seigneurs auxquels ils présen-
taient à manger. On remarquait, parmi eux, plusieurs beaux esprits (car il y en a partout), qui
avaient l'attention de juger sur les physionomies
de ce qu'il fallait à ceux qui les portaient; ils je-
taient des pains de Gonesse, des aloyaux, des gigots,
des brioches à ceux qui avaient l'air hâve et dé-
charné, comme qui dirait des Auteurs. Mais en même
temps ils avaient la galanterie de faire tomber les
saucisses, les andouilles et les cervelas du côté du
beau sexe. Cela s'appelle, à ce que je crois, savoir
faire les honneurs du vaisseau.

L'esprit était donc commun dans cette voiture ;
mais ce qu'il y avait de plus rare, c'était un père

qui avait plus d'esprit que son fils : on va le voir
par l'histoire suivante.

Le père s'appelait Marche-à-terre, il était facteur
de lettres ; son fils se nommait Noyau, et était garçon limonadier de la Comédie-Italienne (ce qui
fait voir que les enfants n'ont pas toujours le même
nom et la même profession que leur père : c'est une
petite morale qu'il est bon de faire en passant). Le
père avait plus d'esprit que le fils ; mais le fils passait pour en avoir plus que le père, parce qu'il voulait en faire paraître davantage. Tout le monde a
le choix de sa réputation ; lorsqu'on a l'adresse de
la faire pallier, on n'en exige pas les preuves.

Quoique Marche-à-terre fût père, cela ne l'empêchait pas d'avoir une maîtresse ; ce qui est beaucoup plus agréable que d'avoir un enfant. A l'égard
de Noyau, il plaisait d'abord, mais il ennuyait ensuite ; il changeait souvent de maîtresse, non pas
par mérite, mais par nécessité ; il était plus souvent
renvoyé qu'infidèle : *on ne déplait sans sujet que
lorsqu'on a plu sans motif.* Il avait deux grands
défauts pour la société : c'était d'être intéressé et
caustique.

Un jour il se fit tirer l'oreille pour payer de la

bière à une personne du monde, que son rival lui enleva avec des échaudés. Voilà ce qui lui revint d'être intéressé, et ce qui lui démontra la vérité de cette maxime : *Ce n'est qu'à ses dépens qu'on séduit ce qu'on aime.* Enfin il fut chassé de la dernière maison, parce que, le jour de l'an, il avait donné des étrennes mignonnes à la fille, qui était fort petite, et à la mère, qui était fort grosse, un livre intitulé : *Réflexions sur la maladie du gros bétail ;* ce qui choqua également l'une et l'autre, attendu que de pareilles étrennes ne sont pas à la portée de tout le monde. Il fit tant de conditions, qu'à la fin il s'avisa d'être amoureux de mademoiselle Coquelet, que son père aimait autant que lui, et c'est là ce qui fit bien voir la différence des génies.

Noyau, à force d'écrire des lettres, s'était gâté l'esprit, et Marche-à-terre avait formé le sien à force d'en porter ; ce qui prouve que les dessus de lettres sont bien souvent ce qui en vaut le mieux.

Mademoiselle Coquelet, pressée séparément par le père et par le fils, dit qu'elle donnerait la préférence à celui des deux qui la ferait promener sur un des Chars de la Ville. Marche-à-terre, qui était facteur des prémontrés, et qui avait emprunté un de

leurs habits pour se déguiser en boulanger, proposa
à mademoiselle Coquelet de se déguiser en mitron.
Cet expédient lui plut beaucoup, d'autant plus que
les femmes sont toujours fort bien en habit de cheval. Elle jugea par là que Marche-à-terre avait de la
tête, et gouvernerait un royaume aussi bien que
M. Guillaume.

Noyau, qui avait le démon de l'écriture, voulut
proposer un expédient dans une lettre, et la mit,
selon sa coutume, dans une lanterne qui était vis-à-
vis la fenêtre de mademoiselle Coquelet, dans laquelle elle reportait ses réponses. Mais par malheur
toutes les lanternes furent ôtées, parce que les Chars
les auraient cassées, et la boîte à lettres de Noyau
fut portée chez le commissaire Regnard, qui sans
doute ne la rendra pas si publique que les *Lettres
d'un Français* [1].

Mademoiselle Coquelet, pour n'être pas reconnue,
quoique déguisée, s'était mise dans le fond de cale,
où elle buvait comme un chaircuitier, dans l'inten-
tion de mieux cacher son sexe.

Noyau, ne voyant pas de lanternes, se douta bien
que son billet n'avait pas été rendu. Il témoigna à

---

1. Petite brochure qui paraissait alors.

son père qu'il était étonné qu'on eût ôté à la ville
un si grand ornement. Vous avez raison, mon fils,
répondit Marche-à-terre ; mais pourquoi des rues ne
seraient-elles pas sans lanternes ? il y a tant d'esprits
qui s'en passent. Ce n'est pas, ajouta-t-il, que M. le
lieutenant de police n'ait voulu faire mettre des vessies, que MM. de la ville auraient prises pour des
lanternes ; mais un marchand de chandelles est venu
leur dire que ces lanternes n'étaient que des vessies.

Dans ce moment, on entendit plusieurs voix
effrayées qui criaient que le vaisseau prenait eau. On
descendit, et l'on trouva que c'était mademoiselle
Coquelet, qui, à force d'avoir bu, n'avait pas pu
s'empêcher de rendre.

Ah ! c'est mademoiselle Coquelet qui est ivre, s'é-
cria galamment Noyau. — Non, mon fils, répliqua
bravement Marche-à-terre, mademoiselle Coquelet
est une demoiselle incapable d'être prise de vin :
elle est seulement étourdie du bateau. C'est par mon
moyen qu'elle a pris ce petit divertissement avec
tant de distinction ; ainsi elle est à moi par préférence : cela doit vous faire voir, mon fils Noyau,
que d'agir vaut mieux que d'écrire, et que votre
père a plus d'esprit que vous.

LE CHAR DE CÉRÈS

Voici, monsieur, la description du quatrième Char, et il me semble déjà vous entendre dire, comme on disait dans les rues, que cela ne finit point, et qu'on pourra, dans la suite, appeler Paris la ville des chars, comme vous savez, et comme MM. de la ville l'ignorent peut-être, qu'on nommait par excellence celles de la Palestine et de la Judée où Salomon faisait hiverner les siens. Quoi qu'il en soit, celui dont j'ai à vous entretenir encore, et qui n'est pas le dernier, était le char de Cérès. Nos badauds le trouvèrent mal placé à la suite de celui de Bacchus, et prétendirent qu'il aurait dû le précéder parce qu'on ne s'avise guère de boire sans avoir mangé ; mais l'envie de critiquer fait dire souvent bien des choses peu exactes. On leur répondit avec raison que, quand il arrivait quelque courrier porteur de bonnes nouvelles, on lui donnait d'abord pour boire, sans jamais lui dire : Mon ami, vous me faites grand plaisir, voilà pour manger.

Le Char de Cérès suivait donc celui de Bacchus, et Cérès n'était point une de ces figures chargées de l'embonpoint convenable à la mère nourrice du genre humain, ni accompagnée du cortège brillant que lui donnent nos poètes. C'était une petite et maigre figure de carton gris sale dont le visage de papier mâché faisait soupçonner la santé, et qu'un polisson dit qu'il ressemblait à du pain moisi.

Placé à une fenêtre assez basse pour entendre une partie de ce qui se disait dans la rue, je veux vous rapporter les raisonnements les plus communs et les plus sensés que j'entendis faire sur tous ces personnages inanimés, introduits dans cette illustre fête.

Pourquoi, disait-on, au lieu de toutes ces figures maussades et délabrées, qui ne font aucun plaisir, et qui ont coûté dix fois plus qu'elles ne valent, n'a-t-on pas, comme à l'Opéra, rempli les Chars de personnages naturels bien habillés, et qui auraient rendu

le spectacle plus vif? car ils ont beau dire, il n'y a
rien d'amusant comme ce qui remue.

Par exemple, Sans-Quartier, grenadier d régiment des Gardes Françaises, avec son fusil et un   el
habit de l'Opéra tout neuf, un beau chapeau bordé,
sa cocarde et le plumet de son capitaine, n'aurait-il
pas mieux représenté le dieu Mars, que ce vieillard
de cuir bouilli, dont la tête a brandillé, dès le premier pas de la marche, et qui s'en vient tomber sur
son nez au milieu de la Place-Royale et en plusieurs
autres endroits?

Un jeune homme beau et bien fait, comme M. Bacheau, ajusté comme pour la noce, qui en fait tous
les mots et les facéties, ç'eût été là un Dieu de l'Hyménée; il fallait lui donner ce personnage, toutes les
filles du quartier vous l'auraient suivi d'importance :
car c'est un maître coq que ce M. Bacheau. Sa char-
rette ne serait pas embourbée à celui-là, elles vous
l'auraient poussée tant qu'à des noces; et un officier
de la Ville n'aurait pas été obligé de tirer l'épée contre
les chevaux, pour leur faire monter le Pont-Royal;
ce qui leur causa moins de peur qu'à lui-même,
puisqu'il mourut dès le soir.

Et, pour vous faire un Bacchus, disait un autre;

c'était, ma foi, bien de la paperasse qu'il fallait ; nous aurions fort bien prêté, pour rien, tous les maris de notre montée ; dame ! il y aurait eu à choisir pour trouver un bon ivrogne, on ne pouvait s'y tromper ; ç'en aurait été un qui se serait enivré *gratis*, aux dépens de notre bonne Ville.

Combien connaissons-nous de bonnes grosses mamans, qui auraient fait à miracle la représentation de Cérès, accompagnée de tous les mitrons de notre connaissance, et de nos petits enfants, qui auraient **fait les moissonneurs** avec un bon quignon de pain blanc dans la main!

Une femme de trente à trente-cinq ans, qui était assez bien vêtue d'une belle robe de satin sur fil, était précisément sous ma fenêtre, et cria tout haut à un de ses amis : Te souviens-tu de la grosse marchande mercière qui demeurait presque vis-à-vis de chez nous, et qu'on appelait, dans le quartier, la boulangère de pâte ferme ? — Vraiment oui, lui répondit l'autre, et de son grand garçon de boutique, que je nommais, moi, l'Enfourneux d'Avignon, parce qu'il était de ce pays-là ; de ses trois petits bâtards d'enfants, dont les deux aînés étaient jumeaux, et dont nous appelions le dernier Cadet. Ah! qu'ils auraient bien mieux rempli ce char de Cérès! et que je donnerais bien de bon cœur une belle pièce de six sols pour voir une charretée pleine de cette garniture de connaissance!

Mes babillardes, échauffées par le souvenir de ce qui les avait le plus touchées dans leur jeunesse, s'arrêtèrent encore longtemps au même endroit, et, continuant leur conversation, elles se disaient : Effectivement, ces figures, pleines de vie, ne se seraient pas cassées comme ça; elles auraient fait honneur à MM. de la Ville, en buvant et en mangeant **tout le** long du chemin ; elles vous auraient fait aller **tous** ces musiciens, qui ne vont que d'une fesse : entends-tu comme ils ne savent ce qu'ils font? vois-**tu** le fifre qui ne peut trouver son trou, qui court comme un diable après? Ah! ah! ah! il fallait entonner à ces belles Divinités des chansons sur le mariage de notre bon Dauphin, nous aurions fait chorus tout le long du chemin ; elles auraient mieux valu que tout leur sucre, leurs dragées et leurs compotes.

J'y aurais gagné moi-même, monsieur; je vous aurais envoyé ces chansons. Au reste, on m'a dit que ce genre de détail pouvait amuser en province. J'avoue que j'ai peine à le croire ; car **ces pauvretés** ne font rire ni le cœur ni l'esprit. Que voulez-vous? je me soumets à la mode, c'est un tyran, et je finis par cette réflexion : Il est bien triste d'être obligé de donner des fêtes publiques au Public ; si l'on avait donné celle-ci anonyme, à qui aurait-on pu s'en prendre ?

LE CHAR DE BACCHUS

. . . .
. . . .

Iʟ y a ici une lacune; c'est une mauvaise plaisanterie d'un de nos Auteurs, chargé du Char de Bacchus, qui a cru s'en débarrasser en nous envoyant une
lacune.

Nous sommes fâchés de voir que nous avions pris
pour associé un homme qui est dans l'erreur publique, et qui croit qu'une lacune n'est rien. Nous allons
prouver quel abus on en a fait, quelle en est l'ori-
gine, et quel rôle elle a joué. Une lacune est aussi
énergique pour celui qui l'entend, qu'une lanterne
sourde est claire pour celui qui la porte. Retournons
la face de la lanterne, et présentons la lumière aux
yeux des Nations.

HISTOIRE DE LA PRINCESSE LACUNE

Avant qu'on eût inventé l'écriture, par conséquent avant l'établissement de la grande Poste, il existait une princesse qu'on nommait la Princesse Lacune; elle ne savait pas écrire, parce qu'on n'écrivait pas alors, comme je l'ai déjà dit, et de là on peut conclure qu'elle ne savait pas lire.

Elle avait une mère et tout au moins un père qui, heureusement pour eux et pour elle, la gênaient beaucoup. Je dis heureusement, parce que la gêne et la contrainte forment le plaisir des mères et le bonheur des filles : le plaisir des mères, parce que c'est un droit d'autorité qui leur rend la sagesse supportable; le bonheur des filles, parce que cela

leur donne une occasion d'exercer leur esprit et d'attraper leurs mères.

Il est louable que les unes reprennent, il est juste
que les autres trompent. L'aigreur fait la dignité des
vieilles, la supercherie fait l'agrément des jeunes ;
tout est établi dans le monde pour le bien de
l'ordre.

Voilà donc le lecteur instruit que le Roi et la Reine
rendaient malheureuse la Princesse Lacune. Elle était
fort amoureuse d'un joli Prince, qui était le pot-
pourri de la Cour ; on l'appelait le Prince Sous-entendu : la Reine ne voulait pas qu'il rendît visite à la
Princesse, de peur qu'il ne lui portât à la tête, ce qui
peut tirer à conséquence. Mais les ordres de l'amour
sont mieux exécutés que les défenses des mères.

Le Prince était triste, quoiqu'il eût grande attention de sourire toujours. Toute la Cour le croyait
amusant, mais son sourire n'était qu'un ennui sous-
entendu. Il mettait de la finesse à tout : rencontrait-il
une femme, il lui disait : En vérité vous êtes adora-
ble, et je n'en veux pas dire davantage. Trouvait-il
un fat, il l'embrassait en lui criant : Mais rends-moi
donc raison de cela ; tu as les yeux bien battus ; et je
parie que...

Il n'est pas étonnant qu'avec autant d'esprit il eût tourné la tête de Lacune : lorsque par hasard ils se rencontraient, ils se trouvaient beaucoup d'esprit ; comment aurait-elle pu ne pas être persuadée par quelqu'un qu'elle ne comprenait jamais ?

Princesse, lui dit-il un jour, vos yeux sont bien vifs, je ne puis y fixer les miens que...., Vous devinez le reste. — Prince, lui répliqua-t-elle, vous pensez toujours avec délicatesse ; aussi je vous vois avec un plaisir véritable, car..... — Ah ! quel bonheur pour moi ! reprit le Prince, transporté. Permettez que je vous prenne la main, et..... — Ah ! finissez, Seigneur, poursuivit la Princesse avec une voix émue ; parce que je vous ai donné mon cœur, faut-il.....?

Le Prince continua, la Princesse répliqua ; il pressa, elle s'attendrit ; il cessa de parler, elle se tut : tout le reste est sous-entendu.

Quelques heures après, ne sachant plus que faire, la Princesse prit un petit morceau de crayon, et fit sans distraction plusieurs points différens. Que faites-vous, Princesse ? lui dit Sous-entendu. — Je m'occupe toujours de notre amour, répondit-elle, je fais des sous-entendus. Voyez ce point-là ; je veux

qu'il signifie : Mon cher Prince, m'aimez-vous? —
Aussitôt le Prince s'écria : Si je vous aime, ô Dieu !
— Cette réponse, dit la Princesse, doit avoir pour
marques deux points différens. Le premier point
marquera la première partie : Si je vous aime ; la
dernière partie, qui est : ô Dieu ! sera marquée par
ce point-ci. — Ah ! que d'esprit ! dit le Prince ;
nous pourrons par ce moyen nous entendre sans nous
parler. — Oui, dit la Princesse, beaucoup mieux que
lorsque nous nous parlons ; il ne s'agit que de convenir de nos faits. Voici une petite marque que
nous appellerons une virgule ; cela voudra dire une
proposition ; la réponse, qui, tant que vous m'aime-
rez, sera oui, aura pour marque un point sur la virgule ; s'il arrive que nous nous fassions des reproches, l'amour délicat en a toujours à faire, ils seront
notés par ce point-ci, que nous nommerons le
point aigu. On fera éclater sa sensibilité par un autre point, qu'on peut appeler le point de douleur.
Lorsque nous voudrons dire du mal de nos parens,
nous nous servirons de cédilles pour faire des allu-
sions. Ces deux marques ( ), ainsi placées, indi-
queront un tête-à-tête en dénotant qu'on est séparé
des autres ; ce sera une parenthèse. Le point admi-

ratif en sera une suite nécessaire! et ce moment, dit-elle en rougissant, que malgré moi vous avez su amener, sera dépeint par le point circonflexe.

A l'égard des mots qui ne signifient rien, convenons qu'ils seront rendus par ces marques « », auxquelles nous donnerons le nom de guillemets.

Voilà pourquoi on s'en sert pour marquer les harangues. Ah! qu'il y a d'Ambassadeurs dans le monde, à commencer par MM. les Échevins, qui sont de vrais guillemets!

C'est ainsi que le Prince et la Princesse parvinrent à se voir et à tromper le Roi et la Reine. Ce fut là ce qui donna la première idée de l'écriture; on la doit à l'Amour. La plume dont on s'est servi fut tirée de ses ailes. Toutes ces lignes, en points différens, furent appelées lacunes, du nom de la Princesse; et voilà le contre-sens dans lequel les Auteurs tombent indignement. Ils mettent leurs lacunes en points fixes; ils croient que cela ne veut rien dire, et cela dit trop. Ils sont souvent bien plus énergiques en ne faisant que des lacunes. Je ne veux, pour preuve infaillible des choses fortes que renferme la lacune, que tous ces petits points dont les poètes séparent les mots d'un vers qui exprime

l'incertitude, le trouble, la tendresse et la terreur ;
Corneille en a plusieurs ; l'Auteur de *Radamisthe*
en est plein ; on en trouve beaucoup dans *Mérope* ;
tout le cinquième acte d'*Armide* en est semé ; on en
voit les plus heureuses dans *le Comte d'Essex*, et
celle-ci surtout, lorsque Salisbury veut dire à Élisabeth :

> Vous perdez dans le comte
> Le plus grand.....

Élisabeth répond :

> Je le sais, et le sais à ma honte.

Preuve que les lacunes disent beaucoup, puisqu'il
n'y a que « le plus grand » qui s'y trouve.

Ah ! si je fais jamais un ouvrage pour le Public,
je veux qu'il soit en lacunes ; et les chars de la ville
auraient été bien moins critiqués s'ils y avaient été
aussi.

SIXIÈME CHAR

QUI N'A PAS PARU

Par un Auteur qui ne paraitra jamais.

O<small>N</small> croit pouvoir dire, sans flatter le Public, qu'aucun des autres n'approchait de la magnificence superbe de celui-ci. C'était le Char des Mariages. La Ville, toujours occupée de se peupler, avait jugé digne de sa prudence de faire faire des sujets pour les maitres qu'on nous prépare. Cent demoiselles, presque toutes filles des quatre principaux quartiers de Paris, avaient été mariées des libéralités de la ville : ces heureux couples, unis sous de si favorables auspices, ne pouvaient manquer de faire des fortunes proportionnées. La satisfaction peinte sur leur physionomie se communiquait plus aisé-

ment, qu'il y avait une multitude de concours attiré
par la curiosité d'une fête si intéressante ; c'est ce
qui les avait fait placer sur les deux côtés du Char, à
cause de la vue. Mille chaînes de fleurs, galamment
entrelacées en guirlandes, semblaient les attacher
les uns aux autres, à peu près comme l'on unit les
particuliers qui se destinent au service de mer [1].

Une table magnifiquement servie tenait le milieu
du Char, et semblait n'être que le repas de la
noce, quoiqu'elle fût destinée à l'événement le plus
éclatant de la journée.

Tout le monde sait que la poudre, bien maniée,
peut diriger à point nommé les effets du mouvement
qu'elle imprime aux corps, qui, en la comprimant,
sont devenus susceptibles de toute la force de son
élasticité : ainsi je juge, sans vous flatter, ami Lecteur, que vous devinez que le double fond du Char
était rempli de poudre, disposée avec tant d'art par
une personne consommée dans l'artillerie dès la dernière guerre, qu'en y mettant le feu, elle devait en-
lever, à hauteur des toits ordinaires des maisons,

1. On a usé de cette périphrase pour éviter le mot de galérien, qui
aurait pu rappeler au Lecteur des idées peu gracieuses pour une ré-
jouissance.

toutes les viandes contenues dans le Char, qui, dé-
crivant chacune leurs paraboles particulières, en
raison de leur gravitation différente, seraient tom-
bées à différentes distances dans toute la superficie
des places publiques, pour y présenter des rafraîchissements aux Spectateurs.

Les peintures du Char étaient dignes de ses autres
ornements. Sur un fond gros bleu, négligemment
glacé de couleur de rose, on avait peint, en argent
ou en or, les différents attributs des mariages ; mais
comme ils n'étaient qu'en détrempe, une pluie qui
tomba toute la nuit au travers des remises du rempart les fit couler presque tous [1].

Pour qu'un Char destiné à conduire les heureux
époux fût assorti, de pied en cap, à leur allégresse,
on avait eu soin de prendre des chevaux de quinze à
dix-huit mois, dont la gaieté devait répondre à celle
de leurs maîtres ; mais on a bien éprouvé ici combien il est dangereux de confier le timon des affaires
à une jeunesse. A peine le cortège était-il en marche, que les jeunes animaux, animés par le bruit
des chars précédents et de MM. les officiers à che-

1. On avait, par précaution, élevé des remises en forme de hangars,
pour y mettre les Chars, afin d'être tout portés pour partir.

val, dont ils étaient entrelacés, se livrent à toute la
pétulance de leur imagination. En vain les cochers
prudents usent de toutes les voies de douceur pour
ramener les esprits ; la correction les irrite, leur vivacité se tourne en fureur ; ils entraînent avec eux
les palefreniers pendus aux longes de soie bleu et
argent destinées à les retenir. Les fiancées tremblent
pour leur fruit, les époux crient, les cochers jurent,
les enfants pleurent, les chiens aboient, le peuple
fuit en désordre le long du rempart ; plusieurs demoiselles, voulant passer les fossés des contre-allées,
y tombent la tête la première : quelques-unes y ga-
gnent, d'autres s'en désolent. La fermentation redouble ; les traits cassent enfin ; tout s'arrête, le
calme revient peu à peu ; la compagnie d'ouvriers,
établie avec prévoyance à la suite de chaque char,
s'avance diligemment ; leurs habits bleus d'un brodé
d'argent que l'on avait mis double sur la manche
pour marquer leur utilité, semblent redoubler leur
zèle ; et le désordre ne dure qu'autant de temps
qu'il en fallait pour le réparer. Ce temps, si court,
fut néanmoins assez long pour donner quelque inquiétude à la pauvre mademoiselle Mouguif. M. Quijain
se trouva là pour son malheur : l'ayant vue d'abord

11

par derrière, voilà, dit-il, un dos de ma connaissance ; il fait le tour, et à ses traits charmants il
reconnaît sans peine son visage : c'est alors qu'elle
aurait bien voulu troquer ses jolis yeux rouges
contre des yeux noirs, son nez camus contre un
autre. Ah ! ah ! lui dit-il, mademoiselle, vous êtes
donc une faiseuse de fortune ; vous avez fait la
mienne, j'en conviens ; vous m'apportâtes en mariage les trois cents livres de MM. les Fermiers Généraux, sans lesquels je ne serais pas actuellement
garçon tailleur ; mais je croyais que vous ne faisiez
cela que pour moi ; et pendant que vous me dites
que vous allez chercher des nourrissons en campagne, vous allez en prendre de tout élevés au maga-
sin de la Ville ; car vous n'êtes là, sans doute, que
pour épouser ces messieurs ? — Monsieur, reprit mademoiselle Mouguif, ce que vous me dites est une
preuve que je ne suis pas votre femme : une personne comme vous ne voudrait pas faire éclater en
public des tracasseries de ménage avec son épouse ;
mais, quand cela serait, en devrais-je moins faire la
fortune de Monsieur ? Trop heureuse, hélas ! si,
comme le monsieur qui était Empereur et comptait
ses jours par ses bienfaits, je pouvais compter les

miens par de pareilles fortunes! — M. Quijain
voulait répondre ; mais M. Bouchivet, qui était le
fiancé du jour, prenant la parole : Monsieur, lui dit-
il, point tant de bruit; mademoiselle me fait honneur, et je vous prie d'être persuadé que je défen-
drais le sien. Je m'appelle Bouchivet ; je ne vous en
dirai pas davantage, mais.....

Vous sentez, cher Lecteur, qu'il n'en fallait pas
beaucoup pour exciter une discussion entre ces deux
messieurs, qui ne se connaissaient pas; mais, comme
on allait s'échauffer, le Char raccommodé reprit sa
marche, qui ne fut pas même interrompue par l'impertinence d'un mauvais plaisant, comme il y en a
toujours parmi la canaille, qui se mit, comme on
passait soit par-devant les Enfants trouvés, à insulter
mademoiselle Triport, en lui disant : Arrêtez donc,
mademoiselle, pour voir MM. vos enfants ; il est bien
singulier qu'ils ne soient pas de votre noce : tenez,
les voilà tous trois qui viennent au-devant de vous ;
au moins donnez-leur un cornet de dragées.

Mademoiselle Triport fut assez interdite, comme
une personne qui ne s'attend pas à quelque chose ;
mais une dame qui était là, de sa connaissance, prit
son parti : Allez, monsieur, dit-elle, on sait ce que

c'est que la médisance du public ; mais mademoiselle est connue : ce n'est pas la fille d'un bedeau
qui porte la verge depuis vingt ans avec assez de
considération pour avoir obtenu une place dans les
mariées qui est capable de pareille chose ; une fille
élevée comme elle pourrait bien être attrapée une
fois par une faiblesse ; mais, avec l'éducation qu'elle
a eue, on apprend, de ses premiers malheurs, à éviter la récidive.

Cette conversation durerait peut-être encore, si
l'on ne fût arrivé à l'esplanade de la porte Saint-
Antoine, lieu de la première distribution. Le Char
étant arrêté, on mit le feu à la première mine ;
mais comme, dans les affaires d'un grand détail, on
ne peut pas tout prévoir, on n'avait pas songé qu'en
faisant sauter les viandes, on donnerait une fameuse
commotion aux mariés. En effet, à la première secousse,
voilà tous les mariés en mouvement ; vous croyez bien
qu'ils ne perdirent pas de temps à descendre ; ils des-
cendirent cependant encore plus vite qu'ils ne voulaient ; jamais union ne fut de moins longue durée;
et, en effet, ils n'ont point eu tort. Quand on a agi
de bonne foi dans un mariage, on est bien disposé
à le rompre, quand on se voit en but à l'artifice :

chacun, en effet, s'en alla de son côté [1]. Mais c'est à quoi le public a fait peu d'attention ; il devait, en effet, la sienne au spectacle d'un ambigu magnifique, servi dans la moyenne région de l'air. L'effet de la mine fut parfait : mille gigots en l'air faisaient un coup d'œil que l'on ne peut bien se figurer sans l'avoir vu ; les cornets de sucre, se délivrant par leur propre vibration, faisaient pleuvoir une grêle de dragées ; des compagnies de perdreaux pleuvaient toutes rôties par-dessus les fossés de la Bastille ; les poulets, comme par instinct, tombaient en foule chez les plus jolies femmes du Marais ; un troupeau de dindons vint tomber dans les cours du palais, et l'on a vu des bandes d'oies jusque dans le quartier du faubourg le plus reculé.

L'absence des mariés rendit inutile une plus longue marche de ce Char : c'est ce qui fait qu'il n'a pas eu la réussite des autres ; mais on a cru devoir rendre compte au public de l'invention peut-être la plus judicieuse de toute la fête, et qui méritait le mieux de réussir.

1. On espère que ceci ne dégoûtera pas le public de se marier ; on ose lui assurer que la règle n'est pas sans exception, et qu'il pourra encore se contracter des mariages de bonne foi.

LES REGRETS DES PETITES RUES

Sur l'Air ; Jean, faut-il tout vous dire ?

Nous entendions dire partout :
  Monsieur de Bernage, à ce coup,
    S'est surpassé lui-même.
  C'est bien pis encore cette fois
  Que ce ne fut aux Bals de Bois ;
    Ah ! mardié, que je l'aime !

Ce Magistrat judicieux
Ordonne les Fêtes au mieux,
    Au parfait, au suprême :
  Les beaux Chars ! les jolis chevaux !
  Le bon vin qui sort des tonneaux !
    Ah ! mardié que je l'aime !

Tous ont crié, grands et petits,
Du bourgeois jusqu'au noble fils
   De Monseigneur de Tresne :
Vive, vive mille et mille ans
Monsieur le Prévôt des Marchands !
   Ah ! mardié que je l'aime !

Cependant il nous fit, hélas !
Pour nous seules, du jeudi gras
   Un jeudi de carême.
Au diable aussi qui chantera,
Et celle de nous qui dira :
   Ah ! mardié que je l'aime !

Qu'à nos fenêtres, quelque jour,
De son brelingot, à son tour,
   Aux balcons d'un troisième,
Il voye un objet plein d'appas,
Qui lui fasse dire tout bas :
   Ah ! mardié, que je l'aime !

La nuit, quand, pour la cajoler,
Il pensera nous enfiler,
   D'une vitesse extrême
Nous barricadant avec soin,
Nous l'enverrons dire plus loin ;
   Ah ! mardié que je l'aime !

CHANSON NOUVELLE

Sur l'Air : Y avance, y avance, y avance, etc.

Monsieur le Prévôt des Marchands, |
    Homme d'un grand entendement,| *bis,*
Pour célébrer le mariage
De notre Dauphin, a fait rage.

Il a rassemblé, tout d'abord,
Les Magistrats de Ville en corps,
Leur a dit: Que nous faut-il faire,
Si au public nous voulons plaire ?

Ne donnons plus de Bals de Bois,
On les critiquerait, je crois ;
Car on en a dit du mal, parce
Qu'ils sentaient un peu trop la farce.

Sur quoi Messieurs les Échevins
Ont dit : Faudra donner du vin,
Des cervelas en abondance,
Et des violons pour la danse.

Le Prévôt des Marchands a dit :
Vous avez tous beaucoup d'esprit ;
Mais c'que vous proposez de faire
Me paraît un peu trop vulgaire.

Faisons promener des chariots
Dorés du bas jusques en haut.
On approuva l'idée, à cause
Que c'était une belle chose.

Ainsi, le jeudi au matin,
Ces beaux Chars, au nombre de cinq,
Furent en marche, bien en file,
Par toutes les rues de la Ville.

Dans le premier est le Dieu Mars,
Qui se tient droit comme un César,
Traîné par des chevaux d'Espagne,
Car on n'allait pas à l'épargne.

Il était fait d'un beau carton,
Sur un dessin de Bourchardon,

Et remuait tant soit peu la tête,
Comme pour approuver la fête.

Les cochers et les postillons
Étaient tout couverts de galons
Rouges comme des écrevisses,
Et dorés comme des calices.

Ensuite l'Hymen et l'Amour
Sur le second vient à son tour,
Avec un orchestre qui touche
Tous les airs de Monsieur des Touches.

Le troisième est un Vaisseau
Bleu et argent, quoique fort beau,
Où il y avait de la mangeaille
Et de quoi bien faire ripaille.

Ceux qui suivent sont merveilleux,
Bien plus plaisans et plus joyeux;
Bacchus est dans le quatrième,
Et Cérès est dans le cinquième.

Après s'être bien promenés,
J'ignore où on les a menés;
Mais au peuple on entendait dire:
Ça nous a dû faire bien rire.

CHANSON NOUVELLE

Sur l'Air : Monsieur le Prévôt des Marchands.

L<small>E</small> jour venu, dès le matin,
   Près de la Porte Saint-Martin,
Il sortit, c'est vérité pure,
Des tonneaux, des dieux, des cochers,
Du pain, des chars, de la dorure,
Des cervelas et des archers.

Au premier de ces chariots,
Que de tras, tras! que de tros, tros!
C'était le Dieu Mars de la Thrace,
Triomphant de je ne sais quoi :
On l'aurait su, si dans sa place
On nous eût montré notre Roi.

LES ÉTRENNES

DE

LA SAINT-JEAN

L'ÉDITEUR AU PUBLIC

Quand l'on examine la vie du monde, l'on trouve toujours que le sage a eu grande raison de dire qu'il fallait travailler : en effet, qu'est-ce qu'un homme qui ne fait œuvre de ses dix doigts ? C'est un fainéant que personne ne regarde, à moins que ce ne soit pour en battre la moutarde et se moquer de lui, ou plutôt pour le regarder avec mépris. Nul, que je sache, ou du moins fort peu de gens n'aiment à être regardés de cette manière, et ne soutiennent point la fainéantise, quand bien même ils auroient de quoi mettre sous la dent. Je sais très bien que notre bonne mère la Nature est marâtre pour d'aucuns, et que tous ses enfans ne peuvent pas avoir le même talent; mais comme dans une famille qui seroit de douze enfans grouillans il n'y en a point qui meure de faim, et qui pour sa réfection n'ait au moins du pain et de l'eau, il en est assurément de même dans la vie de ce monde : comme, par exemple, il arrive en ce présent petit recueil que je vous présente, ami lecteur ; car, n'étant pas assez fort pour imaginer ni vous donner des choses de mon crû (ce qui, Dieu aidant, ne manquera pas de me succéder avec la peine et la fatigue que je me donne), en attendant, je rassemble avec soin des morceaux qui seroient perdus sans les soins que je me donne : et lorsque j'en ai une quantité suffisante, je m'en accommode avec un honnête libraire. Ainsi, vivant avec loyauté, quoique petitement, je conserve à la postérité des choses qui, sans moi, ne seroient jamais plus rencontrées, et qui méritent cependant quelque considération ; car, si l'on a rassemblé ce qui regarde la politesse, ce qui concerne l'écriture des lettres, la façon de faire des compliments et mille autres choses fort utiles pour se bien gouverner, l'on doit aussi conserver ce qui a servi pour des bouquets et pour des plaisirs innocens et gracieux, qui se trouvent mêlés dans les devoirs de la vie du monde ; on en a besoin très souvent jusqu'à la plus grande vieillesse, car c'est fort bien fait d'être toujours galant. Voici donc tout le fruit de mes dernières recherches, composé de choses qui n'ont point encore paru sous la presse; et je vous en fais présent, Ami Lecteur, pour en tirer votre profit en temps et lieu, et suivant l'occasion. Adieu.

LES ÉTRENNES

DE

LA SAINT-JEAN

———

Pour entretenir les usages établis dans le beau monde, pour se récréer, plusieurs demoiselles qui logeaient autour de la Grève, et dont la promenade était sur le Port-au-Bled, ayant trouvé que le jeune F... s'en faisait trop accroire pour un clerc, en un mot, qu'il faisait le fendant, résolurent, pour le punir, de lui faire tenir ce billet par un laquais du public, ordinairement dit un Savoyard :

« Le quartier est trop médisant pour que je puisse vous y parler; trouvez-vous, beau F..., demain à dix heures du matin dans un fiacre, auprès du cerceau d'or, dans la rue de Vaugirard ; je m'y rendrai, et j'ai lieu de croire que vous ne serez 'pas fâché de m'y rencontrer. »

F... ne manqua pas de se trouver au rendez-vous une heure plus tôt qu'on ne lui avait mandé ; et sur les deux heures après midi, n'ayant encore vu per-sonne, il se ressouvint que c'était le premier jour d'avril. Il en fut pour son fiacre, et revint tout hon-teux chez lui, sans oser convenir qu'il n'avait pas dîné, de peur d'attirer la risée ; mais les plaisante-ries du quartier furent si fortes, que, ne les pouvant soutenir, il prit parti avec un capitaine. Cet exem-ple nous apprend qu'il ne faut jamais avoir de la fierté mal placée.

───────

Un jeune praticien sentait depuis longtemps l'ai-guillon de l'Amour pour mademoiselle Rosette, fille d'un procureur, chez qui il allait apprendre l'art lucratif de la chicane ; il soupirait par respect, sans oser lui avouer son amour. Il avait souvent jeté des œillades, serré le bout des doigts, marché sur le pied, mais inutilement ; la merveilleuse Rosette tour-

nait la tête, retirait ses doigts brusquement, répondait par un coup de pied, et ne voulait rien entendre. Enfin notre amoureux, n'y pouvant plus tenir,
résolut de se déclarer, et imagina, pour cet effet, le
tour que vous allez voir. Il prend un papier de la
forme du papier timbré, y trace au haut un cartou-
che semblable au vrai timbre, et y dessine dans le
milieu trois roses, avec ces mots alentour : *petit papier, deux baisers la feuille*; puis imitant l'écriture de
sergent, il écrivit au-dessous ce qui s'ensuit :

« L'an de fidélité mil sept cent trente-sept, le
septième du mois des amours, à la requête de Jérémie Tircis, tendre et respectueux amant, lequel a
élu son domicile rue de la Fidélité, à l'hôtel de l'Espérance; j'ai Eustache Clitandre, huissier à verge,
immatriculé en la cour souveraine du Cupidon, demeurant rue des Bonnes-Nouvelles, près la Grande-
Pinte, soussigné, donné assignation à damoiselle
Agnès-Rosette, fille mineure, demeurant chez Me
Boniface Clopin, son père procureur, rue des
Mauvaises-Paroles, en parlant à son petit frère, qui
n'a voulu dire son nom, de ce interpellé suivant l'ordonnance; à comparoir d'hui à huitaine par devant

le susdit Monseigneur Cupidon, pour voir déclarer bonne et valable la passion dudit Jérémie Tircis pour ladite charmante Rosette, et se voir condamner à l'écouter favorablement ; et, en cas de refus, à y être contrainte par toutes voies dues et raisonnables, même par corps ; lui déclarant qu'en cas de procédure, M⁰ le Lièvre occupera pour ledit Tircis, et lui ai laissé copie des présentes, à ce qu'elle n'en ignore.

» CLITANDRE. »

Contrôle à Cythère l'an et jour que dessus.

BONTEMPS.

On prétend que ce petit ouvrage réussit pleinement ; car Rosette, qui visait à l'esprit, porta cette pièce à sa mère, qui en fut charmée, ainsi que toutes ses voisines. Tircis fut bien reçu, on lui fit fête ; tout le monde le voulut voir, lui et son assignation ; et on l'a regardée longtemps, dans le Marais, comme un chef-d'œuvre digne de la carte du Tendre. C'est sur une de ces copies fidèles que l'on a tiré celle-ci, pour vous en faire part, ami lecteur, espérant que vous lui rendrez justice.

LETTRE PERSANE D'UN MONSIEUR

DE PARIS

A un gentilhomme turc de ses amis.

Monsieur et très cher, par l'honneur de la vôtre
j'ai appris ce que vous me faites la civilité de
me mander, dont j'ai l'honneur de vous remercier ;
car il est toujours gracieux d'être instruit de nouvelles pour un quelqu'un qui va souvent en compagnie. Votre nouveau vizir me paraît un fort joli
homme, et il ne l'entend pas trop mal : je m'étais
bien douté (car je sais un peu l'allure) que les
femmes l'avaient porté, car c'est tout de même chez
nous ; elles poussent leurs amis tant qu'elles peuvent,
et finalement il n'y a rien de meilleur que d'être fa-
vorisé du beau sexe. Je prends la liberté de dire

cela, en passant, à vous qui êtes un seigneur des
plus accomplis, et qui ne tombez pas dans beaucoup d'inconvénients fort communs chez vous comme
ailleurs et partout. Par exemple, nous sommes ici
en carême, c'est comme qui dirait parmasan chez
vous ; cela a fait un cas dont voici l'occasion :

Une jeune personne de bonne maison, dont le
mari était maître d'hôtel chez un sous-fermier, avait,
depuis quelque temps, conçu la plus violente passion
pour le fils d'un charcutier, c'est à peu près comme
qui dirait chez vous un marchand de cochons; le
jeune homme avait accoutumé quelquefois souvent
de porter, en allant donner son mémoire pour
compte, un cervelas par-dessus le marché, qu'il portait sous son tablier, et qu'il donnait en cachette à
la femme, qui était fort sensible à ces petites attentions. Il y a huit jours que le mari, rentrant chez
lui plus matin qu'à l'ordinaire, monte à sa chambre ;
ce qu'ayant entendu le charcutier ensemble et l'é-
pouse furent fort consternés, dont le mari, augurant
quelque chose, demanda sur quoi c'était que le monsieur était là-haut; lequel, sans se déférer du tout,
repartit : Monsieur, j'avais pris la liberté d'apporter
à mademoiselle une petite douceur pour son déjeu-

ner, et tout de suite descendit l'escalier quatre à quatre. Mais, la jeune personne étant hors d'elle-même par son émotion secrète : Qu'est-ce que cette petite douceur? dit-il. — Hélas! dit-elle, c'est un cervelas. — Un cervelas! où est-il? — Il l'a remporté, ce dit-elle, car je n'en ai fait que tâter. — Un cervelas, répondit-il, quand on n'est pas en charnage? on m'en repousse. — Vous me pardonnerez, mon fils, répondit-elle gracieusement; on en fait pour les personnes dégoûtées. — Cette fausse monnaie fut prise par le mari pour l'argent comptant. Il faut conclure de là que l'habileté des femmes est partout d'une grande adresse.

L'autre fois que je me donnerai l'honneur de vous écrire en premier, j'aurai de vous faire réponse. Je vous envoie des écrits nouveaux fort curieux et intéressants pour une personne de votre mérite, dont j'ai l'honneur de me dire, en baisant la main, le...

RÉPONSE POUR LE GENTILHOMME TURC

A la lettre persane de Paris.

Monsieur et cher ami, quoique je ne sois pas connu de vous, n'étant point le gentilhomme turc à qui s'adresse l'honneur de la vôtre, je ne laisserai pas que de vous tirer de l'embarras où vous aurait mis de n'avoir aucune réponse, parce qu'en Turquie les gentilshommes turcs ignorent souvent d'avoir appris à lire; ce qui fait qu'avec votre permission, je vous participerai quelques pensées que j'ai faites, en manière de remarques sur l'ignorance indécrottable de votre lettre.

Vous avez pris la bonté de me dire (car posez le cas que je suis le gentilhomme turc qui parle), vous nous glissez donc, sans faire semblant de rien, qu'il y a des marchands de cochons chez nous, dont il y a à cela beaucoup de malice ; car nous voyons bien que vous êtes un critique qui déchire la réputation du beau sexe par un cervelas : vous m'entendez du reste. Or, sachez donc que ce n'est pas ici comme qui dirait à Londres ; car, puisque vous êtes Persan et mauvaise langue à l'endroit du prochain, que ne dites-vous plutôt la vérité du fait ? C'est à savoir que dans aucune ville qu'il y a, il y a si peu de police, qu'on voit les jeunes demoiselles dans les rues qui s'amusent à jouer à la fossette avec de petits libertins, malgré père et mère, comme des orphelins aban-donnés, et qui, à faute de ce qui en peut arriver de là, ne trouvent plus la façon de s'établir ; car, pour nous affrioler, il faut faire les saintes nitouches ; et, tout au rebours, elles vous ont l'air d'avaleuses de pois gris : d'où qu'on a bien raison de dire que les pa-rents sont de vrais Judas, quand ils ne mettent pas la paille et le blé pour donner une belle éducation à leurs enfants ; car il n'y a que cela qui tourne les filles et qui pousse les garçons.

* *

Un des douloureux de la belle Marie lui écrivit
un jour de vierge : « Si je pouvais vous être les
quatre premières lettres de votre nom, vous ne seriez jamais les cinq ».

Ce billet accompagnait un bouquet de soucis et de
pensées, et sa constance fut récompensée.

LE BOUQUET DE ROSES

Certaine Agnès, qui s'appelait de même, belle, charmante et jeune, comme on doit l'être à cet âge [1], aimait, sans le savoir, le fils d'un bourgeois de son voisinage. A la fin, il arriva que le jour de la fête chacun lui apporta des bouquets. Le gentil voisin y vint aussi lui souhaiter une bonne fête; mais il y vint les mains vides, dont on lui fit la guerre agréablement; et Agnès même, sans qu'il y parût, car elle était bien née, ne put s'empêcher dans l'âme de lui en savoir mauvais gré : c'était moins un présent qu'une marque d'estime qu'elle aurait voulu recevoir du voisin. Lui, sans se déconcerter, leur

1. Elle devait avoir près de quinze ans, à la Saint-Jean prochaine.

dit : « Vous n'y connaissez rien, tous tant que vous êtes, car j'apporte à mademoiselle... » En même temps, par surprise et sans dire gare, il fournit à Agnès deux baisers des mieux appliqués qu'il en fut jamais ; si bien qu'il colora tous les attraits de la belle, qui s'écria au fort de l'émotion : « Eh bien ! que faites-vous donc ? » Il lui répondit : « J'embellis ce que j'aime. » Agnès continua de s'animer et de rougir : si sa rougeur vint de pudeur, il n'importe ; il suffit que le voisin, content de son exploit, leur dit à tous : « Voyez] si je ne lui ai pas donné un bouquet de roses ! »

DIALOGUE EN FORME DE QUESTIONS

Sur le mariage.

DEMANDE. Quelle est la première chose qu'il faut faire avant de se marier, quand on a le dessein de faire un établissement?

Réponse. Il faut trouver une épouse qui ait tout ce que votre cœur peut souhaiter pour son contentement.

D. Quelle est la partie la plus essentielle qui rend le mari content?

R. La tête de la femme.

D. Si vous trouvez fille qui vous convienne, qu'y a-t-il à faire avant de l'épouser?

R. Savoir premier si elle n'est pas la femme d'autrui.

D. Si vous avez volonté d'épouser quelqu'une, que faut-il faire de plus?

R. Qu'elle le veuille bien aussi.

D. Comment saurez-vous si elle est pucelle?

R. En vous en informant, sans faire semblant de rien, dans le quartier, à des personnes qui le sachent bien.

D. Comment faut-il faire pour se rendre agréable aux parents de la future?

R. Être poli, honnête et généreux.

D. Qu'entendez-vous par être poli et honnête?

R. D'avoir toujours de belles paroles en bouche, offrir souvent du tabac à la compagnie, si vous avez une tabatière d'écaille, d'argent, de corne ou autre métal; et, si la demoiselle en use, tirer votre râpe, et lui en râpez du frais sur-le-champ; elle sera sensible à cette attention de votre part.

D. Que faut-il faire pour être généreux?

R. Ne pas trop regarder à l'argent, mais y avoir l'œil, et, allant à la promenade, payer quelquefois à la compagnie du croquet, de petits gâteaux, des pains de mouton et d'autres friandises, sans oublier les rafraîchissements.

D. Quand vous aurez fait tout ce qu'il faudra à

l'endroit des père et mère, qu'y aura-t-il à faire encore?

R. Leur demander, bien poliment, s'ils veulent vous bailler la fille.

D. S'ils disent que non?

R. Ce sera peut-être pour vous en donner plus d'envie.

D. S'ils disent que oui?

R. C'est peut-être que personne n'en veut.

D. Comment savoir tout cela?

R. On n'en peut-être bien éclairci qu'après le lendemain de la noce.

D. Pourquoi pas auparavant?

R. Parce qu'on se donne bien garde de vous dire de quoi est la triomphe.

D. Il faut donc bien prendre garde à ce qu'on fait?

R. Sans doute, et l'on est souvent attrapé.

D. Si l'on a été attrapé, que faut-il faire?

R. N'en rien dire et se taire.

D. Si l'épouse a l'humeur acariâtre?

R. Battez-la comme plâtre.

D. Si elle est plus forte que vous?

R. Elle ne portera pas les coups.

13

LES

MÉMOIRES DU PRÉSIDENT GUILLERIN

Ce n'est pas parce que feue mademoiselle Chaudron était mon épouse; mais je puis dire, sans
me vanter, que, depuis qu'on a un quelqu'un pour
compagne de couche, on ne s'est jamais marié à
une personne plus accomplie. Elle m'a donné bien
du chagrin, il est vrai; mais je lui ai pardonné,
parce que c'est qu'elle était comme cela, et que, de
même que les mariages sont écrits dans le ciel, il y
a aussi, faut croire, des bisbilles qui sont d'autant
plus ordinaires dans les ménages, qu'elles arrivent
tous les jours; c'est ce qui a fait dire à un auteur
qu'on ne doit point mettre le doigt entre le marteau
et l'enclume, pour insinuer qu'il ne faut pas se ma-

rier. La pauvre femme, sans cela, m'aurait aimé comme ses yeux ; et je puis dire à sa louange que, sans les poires d'angoisse qu'elle m'a fait avaler, je ne serais pas si heureux que je le suis.

J'étais fort du monde lorsque j'en fis la connaissance. Mon défunt père me dit un jour : Mon fils, vous serez président de ce grenier à sel ; car on ne sait qui vit ni qui meurt. Dites-moi : vous hantez la maison de madame Chaudron ; c'est une brave femme, je n'en disconviens pas ; il n'est pas certain qu'elle ait jeté son défunt mari dans le puits, comme on l'a voulu dire. Conclusion : quoiqu'il aille bien du monde chez elle, elle n'a pas le moyen. Vous rôdez alentour de ses filles, et à votre âge je me plaisais en la compagnie du beau sexe, d'autant plus que mesdemoiselles Chaudron sont jolies comme un charme, et qu'elles se comportent de la manière qui convient à d'honnêtes filles qui ont de la vertu ; mais ce n'est pas là de quoi est le triomphe. — Mon père, je vous entends bien, lui répondis-je ; et là-dessus je me retirai dans mon cabinet pour réfléchir en moi-même, pensant à ce que j'avais à faire dans la circonstance de l'occasion ; et voyant qu'il fallait prendre un parti, je mis ma perruque, et je sortis.

J'arrive chez madame Chaudron. Dès que je fus
assis, comme je faisais des compliments : Sur quel
pied fréquentez-vous céans depuis trois mois? me
dit madame Chaudron en me montrant mesdemoiselles ses trois filles. — J'y viens pour un bon sujet,
répondis-je, un peu étonné de la surprise que me
fit cette demande, d'autant que je ne m'y attendais
pas autrement. — Eh bien, continua-t-elle, il faut
donc que vous fianciez aujourd'hui celle qui vous
agréera pour épouse, d'autant que je ne suis point
une mère (car mettez-vous à ma place) à laisser
courir de faux bruits à l'endroit de mes filles, et je
ne vous dis cela qu'autant que vous êtes honnête
homme, ou que vous ne l'êtes pas. — Moi, je sentis
bien cet affront, et, sans balancer un moment : Oui,
madame, lui dis-je, je suis honnête homme, et je
n'en aurais jamais d'autre ; c'est mademoiselle
Chaudron la puînée que je vous demande : je lui
ai déclaré, il est vrai, mon affection, que je lui ai
fait connaître ; je vais en faire de même à mon
père.

Je ne fus ni fou ni étourdi ; j'allais toujours courant le trouver ; et, avec toute l'obéissance que le
respect d'un fils a pour son père, je lui dis net que

je venais de demander pour légitime épouse mademoiselle Babiche Chaudron. Il me regarda quelque
temps entre deux yeux... Vous l'épousez, mon fils,
me dit-il; ne vous l'avais-je pas défendu? et je
crois même qu'il n'y a qu'un quart d'heure. Elle
n'a pas de quoi, et vous savez de quoi est capable le qu'en dira-t-on, par les mauvais discours te-
nus au sujet de cette demoiselle, en parlant d'elle;
mais enfin je suis votre père; c'est à moi de me
montrer le plus raisonnable; j'approuve ce mariage,
allons ensemble chez la mère. Nous y allons. Ma
commère, dit-il à madame Chaudron (car je me suis
toujours souvenu de ses propres paroles), mon fils
n'est qu'une bête, et c'est à moi de lui marquer des
entrailles de père; puisqu'il veut en faire la sottise,
je ne vous en dédirai pas; dressons les articles.

Cela fut bientôt fait; et nous allâmes souper à
notre jardin, où ce qui arriva à table fait bien voir
ce que c'est que la prédestination, quand l'étoile
s'en mêle. J'étais entre mademoiselle Babiche et
mademoiselle Chaudron l'aînée; et comme on parlait de fiançailles : Je ne dis pas ce que je pense,
continua l'aînée, qui prit la parole; mais si vous
épousez ma sœur Babiche, je veux que ceci soit de

la poison pour moi (dit-elle agréablement en sablant
une rasade de vin-rosai) si je ne signe le contrat
pour elle. Et là-dessus : Mon gendre, me dit madame Chaudron, l'entendez-vous bien? elle est l'aînée de la famille, elle en épouserait plutôt dix autres que de laisser passer en cas de cela sa sœur
devant elle. Qu'est-ce qui vous fait préférer Babiche?
est-ce parce que vous l'aimez? cela n'y fait pas d'un
coup à sifflet ; vous n'aurez pas été un an l'époux
de celle-ci, que vous m'en direz des nouvelles.

Comme elle proférait la parole, arrive, comme
par exprès, quoique ce fût fortuitement par hasard,
M. Gandion le notaire. « Votre serviteur, dit-il, car
c'était un croustilleux corps : voilà des articles tout
dressés ; mais, comme dit cet autre, qui est-ce qui
tiendra la queue de la poêle? Çà, laquelle est-ce
qui se marie ? »

Mon père, qui pendant tout ce temps-là ne faisait
semblant de rien, s'entretenant avec mademoiselle
Chaudron la cadette, laquelle il écoutait sans rien
dire, parce qu'elle avait de l'esprit comme un charme ; mon père veux-je dire, s'écria tout d'un coup :
Elle sera ma bru, ou je mourrai à la peine d'être
son beau-père. « Voilà, continua-t-il, mademoiselle

votre cadette qui vient de me dire comme cela que, si elle avait un mari, il ne mourrait jamais que de sa main. Oh! cette gentillesse-là ne peut venir que d'un bon esprit, et je la demande pour mon fils. Oh çà, me dit-il, remerciez courtoisement mademoiselle Babiche. Ce que je fis en lui disant : Mademoiselle, je vous demande pardon et excuse ; c'est que je n'y avais pas réfléchi ; mais, ne vous épousant point, puisque je prends mademoiselle votre sœur, je me fais véritablement un plaisir d'être votre beau-frère. — Monsieur, je ne sais point faire la pie-grièche, me répondit-elle ; et, puisque vous en usez de cette manière, je ne dis mot. — Sur ces entrefaites elle me donna un soufflet d'une main, elle cassa une pile d'assiettes de fayence de l'autre, et elle s'en alla. — Tout ça est signe de joie, dit madame Chaudron ; n'en rions pas moins pour cela. Compère Gandion, faites le contrat, nous le signerons demain, et ils tâcheront d'épouser dimanche.

Comme nous nous en retournions pour aller faire la veillée chez mon père, nous trouvâmes, chemin cheminant, les marionnettes du sieur Alexandre Bertrand, qui défaisaient leur théâtre, parce qu'ils s'en allaient. Son fils aîné, qui était déguisé en fille,

prit son violon et nous reconduisit à la maison ; et,
avant de nous quitter : L'usage, dit-il, d'une occasion comme la voilà, c'est d'embrasser mademoiselle l'accordée. Là-dessus, il saute au col de ma
future, et cela nous mit tous de bonne humeur,
d'autant que nous en étions déjà. Nous le conviâmes
de rester avec sa troupe pour nous faire danser en
bal, ce qui fut fait ; et cela faisait plaisir à voir. A
minuit environ, comme je dansais la forlande avec
mon accordée : Il faut, n'est-ce pas, que je me dé-
guise ? me dit-elle ; et elle prit sous le bras le jeune
Bertrand, et s'en alla à catimini. Une heure après,
je demande : Où est donc la future ? On la cherche.
Où est-ce donc qu'elle est ? Faut la trouver, ce dit-
on. Fort peu de ça. On rôde par toute la maison, on
ne trouve non plus d'accordée que dans mon œil.
C'est quelque drôle de tour, dit madame Chaudron,
qui nous apprêtera bien à rire. A cette parole, elle
appelle ses deux filles, et s'en retourne chez elle. Je
la ramène en la reconduisant ; sa fille cadette n'y
est point. Je vais me coucher.

Le lendemain, m'étant éveillé dès le potron-ja-
quet, comme mon père ronflait encore, parce que
le vin l'avait surpris au bal, je vais à l'écurie ; je

prends sa jument et le chemin de Niort. On y sait
des nouvelles, ce dis-je en moi-même, puisqu'on
y vend la gazette. J'arrive le troisième jour ; je
vois dans la place le théâtre du sieur Bertrand ; et
sur lui je reconnais ma future, qui, je pense, jouait
le rôle de Chimène ; car elle était habillée en
amazone. Quand le jeu fut fini, voyant mademoiselle Chaudron qui s'en allait, tenant sous le bras
le jeune Bertrand déguisé en Arlequin :

— Eh ! je crois que vous voilà ? lui dis-je. — Qui est
cet insolent ? je ne vous connais pas, mon ami, me
dit-elle, en faisant une grande révérence. — Elle ne
me reconnait pas, dis-je en moi-même, parce
qu'elle est déguisée ; mais du moins elle est civile,
il ne faut pas la rebuter ; elle croirait peut-être que
je viens ici pour avoir une explication sur le malen-
tendu de son départ ; il faut de la prudence. Voyons
demain de quel côté le vent viendra, et surtout bouche cousue ; on ne se repent jamais de n'avoir point
parlé, d'autant plus que trop gratter cuit. Nous ver-
rons ça dans la seconde partie.

POUR SAINT PIERRE ET SAINT PAUL

Nicolas et Damon, enfants de la contrée,
Étaient tous deux soupirans de Philis;
  Des mêmes feux également épris,
Ils ignoraient encor leur douce destinée.
  L'un, pour témoigner son ardeur,
  Était toujours paré d'une couronne;
L'autre, sans ornemens, veut plaire à son vainqueur,
Avec le seul tourment que son amour lui donne.
  A l'ombre de jeunes ormeaux,
Tous deux trouvent Philis, et profèrent ces mots :
  C'est aujourd'hui, ma belle, notre fête;
  Vous connaissez, n'est-ce pas, notre amour?
Trop charmante Philis, décidez en ce jour,
De qui, d'entre nous deux, vous êtes la conquête?
  C'est trop barguigner en effet,
Dit Philis, dans mes vœux je veux vous faire lire;

De votre sort je m'en vais vous instruire,
En vous donnant un différent bouquet.
Puis, de sa droite, elle offre sa couronne
A Damon, qui n'en avait pas;
De sa gauche, elle prend celle de Nicolas,
Au lieu de celle qu'elle donne.
Par cette diverse faveur,
Alors d'un air gausseur demande la friponne,
Qui des deux se croit mon vainqueur?

LA RUPTURE INGÉNIEUSE

En amour, un des plus grands embarras est d'abord de dire que l'on aime ; mais la difficulté n'est pas moindre de dire un jour que l'on n'aime plus : comme enfin tôt ou tard il en faut venir au dénoûment, il s'agit de s'en tirer galamment. Voyez la façon dont se servit un cavalier des plus accomplis de la ville de X... Il était attaché depuis trois mois à madame de C..., mais on ne peut pas aimer toujours au même endroit. Les allées et les venues sont ce qui rend l'empire d'Amour plus florissant.

La constance du cavalier étant donc sur ses fins, un beau jour de Sainte-Élisabeth, qui était la fête de la dame, il lui envoya, pour présent, une petite figure en forme d'oublieux, avec sa lanterne garnie d'un bout de bougie fort courte, éteinte et renversée ; il avait sur le dos un joli petit corbillon, où toutes les lettres, poulets, portraits et autres de madame de C... étaient roulés en façon d'oublies. La dame, qui sentit la finesse de cet emblème, lui pardonna son inconstance en faveur de l'invention.

PENSÉES DIFFÉRENTES SUR DIVERS SUJETS

Tout a été dit, et il n'y a rien de nouveau sous le soleil, disent MM. de Théophraste et de La Bruyère dans ses *Caractères* ; mais ce grand homme a oublié de dire et de pratiquer une chose, à savoir qu'il faut tourner sa plume sept fois en la main avant que d'écrire, comme on a dit la langue dans la bouche.

Je dis donc que tous les jours on voit et on dit des choses nouvelles, n'y eût-il à moucher que les vices du genre humain, qui augmentent chaque jour ; nous n'en voyons que trop d'exemples.

Par exemple, en fait d'ingratitude, un jeune homme de famille, adonné au jeu, et à qui son père ne refusait pas ce qu'il lui demandait, n'a-t-il pas trouvé moyen de le voler d'une manière basse et indigne ? Pendant qu'il dormait, il prit un drap mouillé qu'il lui a jeté sur le corps, dont s'étant éveillé, il s'est débattu, et s'est tellement embarrassé en se débattant qu'il s'est trouvé pris ; et puis il l'a entortillé de manière qu'il ne pouvait voir, parler ni entendre. Alors, étant à son bel aise, il a pris tout ce qu'il y avait dans l'armoire, l'a emporté et a fermé la porte, d'où on ne s'est aperçu que le lendemain qu'on a trouvé le bonhomme prêt à rendre l'âme, et qui a réchappé à grand'peine. Cela ne fait-il pas horreur aux gens ? et ne doit-on pas montrer des caractères comme celui-là pour en faire passer le goût?

La vanité nous fournira bien des sujets. Croiriez-vous qu'on m'a assuré qu'un homme qui, pour avoir de père en fils une grande réputation de savoir et d'érudition, paye un quelqu'un qui travaille pour lui et qui, faute de moyen, vend cela comme son propre mérite ? Il faut le nommer, c'est M. Matthieu Laens-

berg, dont il n'y a plus de nom ; cependant on abuse
le public, et on lui donne toujours ce qu'ils ne font
plus, puisque la famille est éteinte. Ces almanachs,
où l'on dit le temps qu'il fera, font que bien souvent
on compte là-dessus, à faute de ce que l'astrologie
n'est pas encore à la portée de tout le monde, quoi
qu'en dise un auteur célèbre. Mais enfin, n'en reti-
rât-on que l'avantage de détruire les almanachs fal-
lacieux, ce serait encore un grand bien pour l'avan-
cement des sciences. De là naît la jalousie dans tous
les arts : le poète cherche à détruire le poète ; le
géomètre, le géomètre ; l'écrivain, l'écrivain. Dans
les métiers, dans le peuple, on voit également ré-
gner la zizanie ; et cela depuis que les cordonniers
veulent faire des chapeaux, et que l'on voit, comme
dans notre quartier, M. Boudinet, le perruquier, qui
s'est fait maître à danser ; Chicotin l'épicier, qui
veut faire des airs à boire ; et le laquais du premier
clerc de M. Grapignan, procureur, qui fait des pièces
satiriques sous des noms supposés. Voilà comme on
trouve le pour et le contre de chaque chose ; car il
est bien certain que l'ignorance et la science ont
leurs inconvénients réciproques.

LE BALLET DES DINDONS

LA Saint-Martin, dans tous les temps, fut un jour bien funeste aux poulets d'Inde. Il n'est fils et fille de bon lieu qui alors n'en mange sa part. On croit que c'est là tout l'usage qu'on en peut faire, point du tout; l'amour tire parti de tout.

Un jeune amoureux folâtre, et plein de gentillesse envers une jeune demoiselle qu'il recherchait à bonne fin, s'imagina de lui donner un divertissement des plus agréables pour la saison, qui est celle où l'on danse. Ils étaient donc tous en famille rassemblés dans une métairie ; ce fut là que notre galant, à l'insu de tout le reste du monde, fit faire *incognito* un petit théâtre dans une grange, comme pour y représenter les marionnettes, excepté que le rez-de-chaussée du théâtre était de fer-blanc, ou, si l'on veut, de tôle ; sous lequel, en temps et lieu, il fit mettre de place en place des brasiers ardens. A l'heure de la comédie, il fit tant qu'il y fit venir la demoiselle **et**

toute la compagnie, qui, ne sachant rien, s'assit.
Alors on siffle, la toile se lève, et les violons jouent
à l'ordinaire, hors que c'était une sarabande bien
grave ; on ne s'attendait pas à ce que vous allez voir ;
c'était une bande de poulets d'Inde qui marchaient
à pas comptés, ramassant çà et là des grains pour
se nourrir. A mesure que le plancher du théâtre
s'échauffait, les susdits danseurs semblaient s'animer,
et les violons de jouer des airs à l'avenant, comme
gavottes, passe-pieds, menuets, rigaudons, tambou-
rins et cotillons fort en vogue à l'Opéra, avec les
gigues et les bourrées du temps, dont lesdits poulets
d'Inde étaient forcés de suivre la mesure, à fur et à
mesure de la chaleur du dessous du théâtre, qui
devenait insensiblement tout rouge. C'est alors qu'au
son des violons, qui jouaient des tempêtes, des vents
et des furies, on vit tous les dindons s'élever, sauter,
s'élancer, bondir à toute outrance, imitant les entre-
chats, jetés, pirouettes et gargouillardes de nos plus
célèbres maîtres : dont l'assemblée s'en retourna
toute avec l'âme réjouie, et les dindons chacun avec
les pieds à la Sainte-Menehould.

L'EMBLÈME ALLÉGORIQUE

CEDANT *arma togæ*, c'est comme qui dirait en latin que l'épée mette pavillon bas devant l'écritoire. Un jeune conseiller au bailliage de*** voulait faire un emblème de l'amour qu'il portait, dans la même ville, à une jeune demoiselle de sa juridiction, et lui apprendre en même temps quelle était sa rigueur envers lui. A cet effet, il fit faire un petit instrument, comme qui dirait de gagne-petit, avec lequel on aiguise les couteaux; mais toutes les pièces de son instrument étaient allégoriques, c'est en quoi gît la gentillesse. La meule était en forme de cœur arrondi, ce qui désignait la dureté de celui de la belle; au lieu de réservoir, qui est ordinairement un sabot, c'était une pantoufle, faite sur le modèle de sa maîtresse; et, au lieu d'eau commune et ordinaire, il l'avait remplie de ses larmes, qu'il avait amassées exprès pour cela; et, par-dessus tout, notre amoureux lui-même fabriqué au naturel, c'est-à-dire en robe et en rabat, faisait l'office de rémouleur ou de gagne-petit, avec cette devise : *Voilà ce qu'on gagne*

14

avec vous. La belle fut si charmée de l'invention du conseiller, qu'elle lui fit entendre qu'il ne fallait plus qu'un tour de roue pour que son cœur fût à lui.

POUR SAINTE ÉLISABETH

Monsieur l'abbé ***, bel esprit de la ville du Mans, était lié de la plus étroite amitié avec madame de ***; elle s'apelait Élisabeth. Le jour de sa fête il entre dans son appartement au moment qu'on l'éveillait, tenant dans sa main une corbeille couleur de rose; il l'aborde en disant ces mots :

> Pour vous composer un bouquet,
> Des plus brillantes fleurs j'ai choisi l'assemblage.
> Du beau sexe qui nous engage
> Vous êtes le plus bel objet;
> Sur les fleurs de notre bosquet
> Elles ont le même avantage.

Alors il lève le dessus de la corbeille, il en tire le bouquet; mais, surpris, il dit :

> Mais hélas! ces fleurs sont passées,
> Votre réveil a changé leur état;
> Car les vôtres je vois qu'elles sont effacées;
> Près de vous tout se fane et tout perd son éclat.

LES ÉPREUVES D'AMOUR

DANS LES QUATRE ÉLÉMENTS

UNE dame, dont je tairai le nom, appelée Cécile, fort adonnée aux amusements de l'esprit, avait exigé d'un cavalier, qui la considérait beaucoup, une histoire de sa façon pour bouquet, en guise de discrétion qu'il avait perdue avec elle à certain jeu ; dont voici comme il s'acquitta.

Eulalie était née pour éprouver les caprices les plus singuliers de la fortune et de l'amour ; sa beauté était conforme à sa naissance, et c'est tout dire. Sa vie commença d'abord au bal de l'Opéra de Paris, où madame sa mère se trouva dans la nécessité de

la mettre au monde. Elle y fut reçue par une troupe
de masques, parmi lesquels il s'en trouva une en
sage-femme, et l'autre en nourrice, qui facilitèrent
beaucoup la naissance de la jeune Eulalie. D'un
autre côté, le jeune Alexis naissait. C'était un cavalier qui devait être accompli, comme il le fit voir
dans peu. C'était lui-même que le ciel destinait pour
causer et partager les aventures d'Eulalie; car nous
naissons toujours assortis à quelque autre; la question est de nous rencontrer.

Cependant la belle Eulalie entra en nourrice comme
Alexis en sortait : leur étoile commença par les faire
venir frère et sœur de lait ; jugez de la sympathie
que cela leur donna l'un pour l'autre. Aussi peut-on
avancer que ce commencement leur procura, par la
suite, l'occasion de se connaître, de s'attacher encore
plus étroitement l'un à l'autre, et de remplir leur
vocation. Je passerai, s'il vous plaît, en silence toutes
les gentillesses d'une enfance si charmante, qui rem-
pliraient un volume, afin d'aller en avant dans une
histoire si intéressante. Passons donc tout d'un coup
à l'adolescence de ces pauvres enfants; ce que j'en dis
de pauvres enfants n'est pas qu'ils ne fussent assez
accommodés des biens de la fortune pour avoir de quoi,

mais c'est par rapport aux révolutions de leurs cœurs. La fortune, qui semblait conduire leur roman par la main, fit encore plus pour eux, et les rendit voisins de quartier, en sorte qu'il n'y avait que la rue entre deux. Bientôt leurs parents, qui s'étaient plu à voir l'attachement réciproque de ces deux enfants, et qui s'en faisaient un jeu, en craignirent les suites. Une brouillerie survenue entre eux fut le commencement des infortunes qui tourmentèrent la vie de nos amants. Les voilà donc séparés et réduits à ne plus se voir qu'à la dérobée à la messe et partout où ils se rencontraient, c'est-à-dire rarement aux promenades et jamais aux spectacles. Heureusement ils demeuraient vis-à-vis l'un de l'autre, et ils passaient une bonne moitié de la journée à leurs fenêtres, à s'envoyer mille regards et mille soupirs que les zéphyrs leur portaient et rapportaient sans cesse très fidèlement. Ce soulagement leur suffisait ; l'Amour se passe à peu quand il est jeune : mais leurs parents s'en aperçurent ; on changea Eulalie d'appartement. Cette dernière séparation leur parut bien plus insupportable que la première. Ils auraient passé leur vie à se regarder à travers la rue, du moins ils le croyaient. A cet âge, on ne croit rien d'impossible. Il fallut s'aider et chercher des expédients pour éluder la rigueur de leurs tyrans. La fortune, qui ne faisait que semblant de les abandonner, les tira d'embarras.

Heureusement le feu prit chez Eulalie, mais avec tant de violence, que c'était un charme de voir comme en un instant la maison parut tout enflammée. L'occasion était trop belle pour qu'Alexis n'en profitât pas. Il ne perdit point de temps, et, sans craindre ni feu ni flamme, il se jeta tout au travers de l'incendie, et fit si bien qu'il pénétra jusqu'à la couchette d'Eulalie, l'en tira le plus modestement qu'il put, la prit entre ses bras, et l'emporta si à propos chez lui, que le plancher d'Eulalie s'effondra le moment d'après, et la maison presque consumée tomba en ruine et s'écroula sur elle-même si parfaitement, que ce n'était plus qu'un monceau de décombrements, qui n'avait plus ni forme ni figure de maison.

La confusion fut aussi grande que le désordre ; en sorte que les parents, ne sachant à qui entendre, ne s'aperçurent pas de l'enlèvement de leur chère fille, et même ils firent mieux, car ils crurent qu'elle avait été brûlée et écrasée avec les meubles et le reste de la maison. Tandis qu'ils la pleuraient, nos heureux amants étaient réunis en secret par le plus grand bonheur du monde : jugez de leur amour. C'est là que l'histoire reste tout court : on ne peut décrire ce qu'on ne peut définir.

Mais cependant remarquons la délicatesse d'Eulalie, qui, entre les bras de son amant, devait naturellement n'avoir rien à désirer, et qui pourtant regretta de n'avoir pas sauvé de l'incendie quelques petits billets doux qu'elle avait reçus de son cher Alexis. Cependant il la tenait avec bien du secret, dans sa chambre au troisième, la nourrissant de tout ce qu'il pouvait attraper à la cuisine, et y mettant jusqu'au dernier sou de l'argent qu'on lui donnait pour ses menus plaisirs ; mais l'amour suppléait au reste : si la chère était courte, les contentements étaient grands. Leur félicité paraîtra incroyable aux insensibles ; mais laissons-les là, ils ne sont bons à rien.

Ces deux amants passaient les jours entiers à s'aimer et à en être charmés ; ils n'avaient pas le temps de songer à l'avenir ; ils n'envisageaient que le présent et en profitaient : qu'auraient pu faire de mieux des gens plus raisonnables et plus expérimentés ? Le bonheur de leur roman fut troublé par cette fatalité qui ne permet jamais à la félicité d'être durable. Un fripon de valet s'aperçut de quelque chose ; il en jasa, tout fut découvert, et l'on vint arracher, un beau matin, Eulalie d'entre les bras de l'Amour même. Quel réveil! car enfin elle dormait alors; il fallait bien dormir quelquefois. Une mère fâcheuse, comme c'est l'ordinaire, l'enleva d'autorité; ce qui fut accompagné de quelques petites influences sur les joues de roses d'Eulalie. Qu'avait fait la pauvre enfant que toute autre n'eût fait à sa place? Les voilà donc séparés comme si de rien n'était, sans savoir ce qu'ils allaient devenir; et il n'en resta à Alexis, sans compter le reste, que le plaisir d'avoir sauvé Eulalie du feu, et le chagrin de la perdre peut-être à jamais. Mais il y a, comme on dit, un Dieu pour les enfants, pour les amants, car c'est tout un.

Alexis, à force de remuer, apprit enfin qu'on allait mener Eulalie au couvent dans une province des environs de Paris, et qu'apparemment elle était perdue pour lui sans retour. Effectivement sa mère prétendait en faire, bon gré mal gré, une religieuse pour toute sa vie; et, pour mieux y déterminer sa fille, elle lui avait fait accroire l'inconstance de son amant. Filles, ne vous y trompez pas, c'est la rubrique ordinaire dont les parents se servent en pareil cas. Eulalie, qui ne le croyait pas plus que de raison, laissait faire

sa mère et prenait par force le parti d'obéir. Le jour
du départ fatal arriva. Il fallut se lever pour la dernière fois; on la mit en carrosse, et l'on partit sans
lui permettre d'aller faire ses adieux dans le quartier.
C'est alors que l'infortunée Eulalie sentit plus que
jamais toute la force de son malheur : un faible rayon
d'espérance l'avait toujours soutenue; mais, voyant
que chaque pas qu'elle faisait l'éloignait de son cher
Alexis et l'approchait de son exil éternel, elle perdit
la tramontane. Le désespoir s'empara de son triste
cœur, elle prit une résolution bien terrible, et n'attendit qu'une occasion favorable pour l'exécuter. Mais,
me dira-t-on, on n'a point de nouvelles d'Alexis? Patience, lecteur, chacun aura son tour; nous l'avons
laissé rongeant son frein ; il ne tardera pas à repa-
raître sur la scène.

Eulalie roulait, lorsque, à une certaine distance, il
survint une rivière qu'il fallait passer dans un bac; à
cet aspect, Eulalie feignit d'avoir peur, et demanda
à descendre : comme on cherchait à l'amadouer, on
n'eut garde de lui refuser sa demande. Étant donc
descendue à pied dans le bac, elle s'approcha d'un
des bords, et, dans l'endroit où l'eau était la plus
forte, elle se précipita à corps perdu : aussitôt on en-

tendit derrière un grand cri, et un des gens de livrée ne fut ni fou ni étourdi; mais, sans perdre de
temps, il sé jeta après elle, dans le dessein de la
sauver ou de périr avec. Aussi était-ce le désespéré
Alexis, qui s'était ainsi travesti pour suivre sa maîtresse de l'œil; comme il s'était déjà jeté une fois
dans le feu pour elle, il n'est pas étonnant qu'il se
jetât à l'eau pour la sauver encore une fois.

Cependant le courant, qui était extrêmement ra-
pide, avait déjà entraîné bien loin Eulalie et son
amant; il faisait des efforts surnaturels pour la
joindre...

Ici l'histoire s'est trouvée par malheur interrompue; mais on fera son possible pour engager l'auteur à nous en donner promptement la seconde partie, qui ne sera peut-être pas la dernière.

DES ÉPREUVES D'AMOUR

DANS LES QUATRE ÉLÉMENTS

Pour peu qu'on s'en souvienne, on peut se rappeler
aisément que nous avons laissé nos deux amants
à vau-l'eau. Les spectateurs les avaient perdus de
vue, et se contentaient, ne pouvant faire mieux, de
les recommander à saint Nicolas. Cependant Alexis
ne s'endormait pas, de son côté ; au contraire, il fit
tant, qu'il joignit enfin sa chère Eulalie, que ses
hardes et quelques mouvements involontaires qu'elle
faisait de temps en temps faisaient revenir sur l'eau ;
mais, au moment où son amant allait mettre la main
dessus, il la voyait faire le plongeon, et lui-même
allait à la dérive. Ce petit manège dura quelque
temps : Alexis essuyait toutes ces contrariétés ; il re-

tournait sans cesse avec une patience admirable à la
charge; et, sans attendre que sa proie reparût, il allait, même en plongeant, la chercher jusques au
fond des ondes, tel qu'un barbet courageux qui pour-
suit un canard. Il était temps que leur naufrage finît:
Alexis, épuisé, rassembla toute son industrie; et à
force de ruses, il saisit Eulalie par ses beaux cheveux, qui flottaient au gré des eaux. Alors, ranimé
par cet heureux avantage, il la remorqua jusque sur
la rive, et la fit échouer sur un gazon, qui sembla se
trouver là exprès pour recevoir une si belle charge;
il ne l'eut pas plus tôt mise à sec, que, se mettant à
la considérer, il crut s'apercevoir que la vie lui manquait, et qu'elle l'avait laissée au fond de la rivière.
Alors il fut sur le point d'aller s'y jeter lui-même,
désespéré d'en avoir fait à deux fois : il prenait congé
de sa pauvre défunte par mille baisers qu'il prodi-
guait sur ce visage où il n'y avait plus que des lis,
lorsque, ayant par hasard rencontré sa chère bouche,
il sentit quelque reste de respiration : il aurait non
seulement partagé son âme avec elle, mais il la lui
aurait volontiers transmise tout entière. Il continua
donc : c'était de quoi ramener un mort; aussi le fit-il.
Eulalie, reprenant haleine, soupira, ouvrit un de ses

beaux yeux mourants, et un de ses regards fut adressé
à son libérateur, qui jouit de sa résurrection avec des
transports trop grands pour être sensibles ; trop
heureux de pouvoir éprouver alternativement qu'on
peut mourir de plaisir ainsi que de désespoir. Tandis
qu'ils étaient tous deux dans cet heureux passage de
la mort à la vie, les parents, les amis et tous les pas-
sagers arrivèrent à la file ; et nos amants, sans s'en
apercevoir, s'en trouvèrent environnés. Chacun félicita
Alexis, excepté la mère, qui l'en remercia froidement,
et qui fit transporter sa fille autre part, sans vouloir
permettre à Alexis de venir prendre un air de feu
avec elle ; il fut, comme on dit, obligé de se sécher
où il s'était mouillé. Ce dernier trait de dureté l'af-
fligea plus que tout le reste ; mais il s'en consola par
le plaisir d'avoir sauvé ce qu'il aimait. Il prit donc
son parti, et devint ce qu'il plut à la fortune.

Cependant, après qu'on eut fait à Eulalie tout ce
qu'on put lui faire humainement, il fallut remonter
en carrosse et continuer la route. On arriva, trop tôt
pour elle, dans le triste séjour où elle devait être
confinée bientôt après. Elle reçut les adieux de toute
la carrossée ; on la laissa aussi mouillée de ses pleurs
que si elle sortait encore de la rivière : mais sa mère

n'en répandit point, et partit après avoir recommandé
aux mères discrètes de lui donner le plus de vocation qu'il serait possible pour la vie religieuse.

Voilà donc Eulalie claquemurée. Sa clôture lui
parut un enfer anticipé ; elle fut parmi ces vestales
quelque temps comme au milieu des sauvages dans
une île inhabitée ; elle ne voyait et n'entendait rien,
lorsque, à la longue, parmi les jeunes professes qui
s'empressaient autour d'elle, elle en aperçut une qui
avait un faux air tout à fait ressemblant à Alexis. Elle
se mit à l'envisager plusieurs jours de suite ; sa pres-
tance, sa corpulence, son maintien, son ton de voix,
sa voix même, ses discours équivoques, tout enfin lui
gagna insensiblement le cœur ; elle sentit que c'était
ou que ce devait être Alexis en personne ; rarement
le pressentiment nous trompe, surtout quand il est
fondé sur la vraisemblance et appuyé par l'amour. En
effet, c'était Alexis, qui à l'aide de sa physionomie
modeste et de sa jeunesse, avait trouvé le secret
d'entrer parmi les novices de ce couvent. Il ne tarda
pas à ne laisser aucun doute à Eulalie du recouvre-
ment de son amant ; ce fut alors qu'elle pardonna
tout à la fortune.

Quel plaisir pour deux amants de porter le même

habit, d'avoir la même demeure, les mêmes fonc-
tions, les mêmes devoirs, et de ne voir entre eux
d'autre différence que celle qui servait encore plus à
les réunir ! Ils comptaient faire ensemble profession ;
ils avaient toujours fait les mêmes vœux : ainsi ceux
qu'il leur restait à faire leur paraissaient la consom-
mation du reste. Le temps de la profession approchait ; ils soupiraient après ce moment, qui devait
les unir pour jamais. Ils auraient voulu en être au
lendemain ; mais le démon de la jalousie se fourra
entre eux deux ; leur grande liaison ou plutôt l'instinct de quelques nonnes fit qu'elles examinèrent
le plus qu'elles purent la fausse novice.

L'amour heureux est aveugle ; la félicité porte avec
elle une espèce de sécurité qui devient souvent très
dangereuse : quoi qu'il en puisse être, Alexis fut
trahi par son sexe, qui transperçait à travers sa
guimpe.

La nonne qui s'était furtivement assurée du fait
n'en douta plus ; et, soit par désespoir ou par amour
de sa règle, elle fut dénoncer ce qu'elle avait vu, en
faire la description authentique aux mères discrètes,
qui eurent peine à croire ce rapport. L'affaire fut
mise en délibération ; celle qui niait le fait n'était pas

fâchée en secret de s'en convaincre par ses propres
yeux : c'est ce qui fut exécuté fort heureusement pour
elle.

Un beau matin, Alexis fut pris au saut du lit; il n'y
eut pas moyen d'éluder ; la conviction fut telle, qu'il
fut dès lors traité comme un loup qui se serait sauvé
dans la bergerie : cependant l'on en revint, après
bien des débats, à un parti plus raisonnable, qui était
de ne rien laisser ébruiter.

Après avoir pris d'Alexis un serment qui rassura
toute la communauté, et qui maintint chaque religieuse dans son innocence, on lui fit déposer les dé-
pouilles monastiques, que l'on rebénit après, et on
lui fournit les vieux habits d'un sacristain mort depuis
peu à la fleur de son âge au service du couvent.

Ainsi Alexis fut renvoyé, avec défense de rôder
autour du couvent, et d'en approcher plus près qu'à
la portée du pistolet.

On dit qu'Eulalie ne fut pas la seule qui le regretta :
toutefois, pour ne rien avancer qui ne soit vraisemblable, son désespoir fut égal à sa perte ; mais il fut
presque secret. Heureusement pour elle, on convint,
pour plus de sûreté, de lui faire recommencer son
noviciat. Je dis heureusement, parce que cela lui

mettait encore une année devant elle : comme on dit, qui a terme ne doit rien ; et le temps amène bien des événements qui n'arriveraient pas sans lui.

De quoi l'amour féminin n'est-il pas capable, quand il est contrecarré si constamment! Eulalie passait le temps à imaginer inutilement, lorsqu'enfin, n'ayant plus d'autre ressource, elle s'en tint à un expédient bien imprévu, qui fut de faire semblant d'être enceinte. On lui apprit à en feindre tous les symptômes les plus significatifs ; on lui fournit à mesure de quoi s'arrondir la taille. Comme elle s'était fait aimer dans le couvent, elle y trouva secrètement tous les secours nécessaires.

Les choses étant en cet état, un bruit sourd en circula par toute la communauté ; l'habitation qu'Alexis avait faite dans le couvent ne nuisit pas à la confirmation de cette rumeur. Autre conseil fut tenu dans le chapitre secret, et l'on résolut d'en écrire à la mère, qui, aussitôt la lettre reçue, devint comme une furie, déclara qu'elle renonçait sa fille pour jamais ; qu'elle l'abandonnait à son mauvais destin, la privait de sa succession, et que de plus, par la présente, elle lui envoyait sa malédiction.

Que faire à tout cela? La grossesse prétendue al-

lait toujours son chemin et augmentait à vue d'œil;
la terreur augmenta aussi dans le couvent; peut-être
que, si l'on eût pu espérer qu'Eulalie n'accouchât que
d'une fille, on aurait pu la garder; mais on craignit
qu'elle ne mît au monde un garçon, et même deux :
quel scandale aurait-ce été! Dans cette incertitude,
on signifia à Eulalie qu'elle eût à prendre son parti le
plus promptement qu'elle pourrait, d'autant plus
que le terme approchait, et que le bruit qui trans-
pirait déjà au dehors se répandrait bientôt dans les
environs.

Eulalie accepta son congé à belles baise-mains ;
elle sortit sans savoir ce qu'elle deviendrait : il ne
faut qu'aimer ; avec l'amour on croit que la terre ne
peut jamais manquer.

Notre nouvelle défroquée se réfugia donc dans
l'endroit le plus prochain, et là elle voulut reprendre
son honneur, qu'elle avait laissé dormir quelque
temps ; c'est-à-dire qu'elle abjura sa prétendue grossesse, et rentra dans le rang des vierges, pour passer
bientôt dans celui des martyres, comme nous l'allons
voir.

Le juge des lieux, informé de sa sortie du couvent
et du motif qui en avait été cause, ne lui voyant plus

cette rotondité qu'elle avait rapportée dans le siècle, crut qu'elle était accouchée en secret; c'est pourquoi l se transporta sur le lieu, pour la féliciter sur son heureuse délivrance, et en même temps pour lui signifier qu'elle eût à lui représenter son fruit; ce que n'ayant pu obtenir d'elle à cause de l'impossibilité, il la fit appréhender au corps et conduire en prison, ne doutant pas un moment qu'elle ne se fût défait du nouveau-né.

On juge aisément de l'embarras où elle fut pour faire voir qu'elle n'avait jamais été grosse; et en effet, malheureusement pour elle, rien n'est plus difficile à prouver : elle eut beau nier, ses protestations, et une chanson furent la même chose. M. le bailli entendit en déposition toute la communauté, l'une après l'autre, qui soutint unanimement son dire, ajoutant qu'elle s'y connaissait très bien, et qu'elle n'était point si difficile à être affrontée. Enfin, il résulta d'un témoignage si authentique qu'Eulalie aurait été grosse; et le bailli suppléa d'office qu'elle était accouchée clandestinement sans avoir acclarné, c'est le terme, et qu'elle s'était défait de son fruit; pour réparation de quoi, il la condamna à être suspendue et à mourir au bout d'une corde;

On sera sans doute étonné de la brièveté avec laquelle on rendait la justice en ce pays-là; le fait n'en est pas moins constant, et il y a souvent bien des réalités auxquelles il ne manque que la vraisemblance : peut-être que, pour connaître l'innocence d'Eulalie, on eût pu procéder aux vérifications et rapports des personnes expertes en ce cas : mais, soit à cause de leur incertitude, ou par autres raisons que ce soit, on n'en vint pas là, et, dès le lendemain, l'innocence même fut conduite au lieu de l'exécution avec un grand concours.

Alexis y fut comme les autres. Quel coup de foudre pour lui, quand il aperçut la patiente Eulalie à la potence, et, qui plus est, Eulalie perfide, infidèle condamnée pour un crime auquel il n'avait point donné lieu; car il l'avait toujours respectée si parfaitement, qu'il était sûr de n'avoir aucune part à cette maternité, et qu'il ne lui en avait jamais fourni aucun titre. Désespéré d'une infidélité si publique, bien plus que de sa mort, qui semblait le venger, il fut tenté de la laisser subir son supplice.

Mais quoi! voir pendre ce qu'on a tant aimé, et ce qu'on aime encore; car la tendresse d'un amant n'expire pas toujours avec la fidélité d'une maîtresse, et l'amour meurt rarement de mort subite.

Cependant il était temps de résoudre; Eulalie n'avait plus qu'un instant à vivre : le lien malheureux qui devait lui ôter la vie entourait déjà ce col d'ivoire et d'albâtre : quels nœuds, grand Dieu! au lieu de celui qu'elle devait former, et qui devait l'attacher pour jamais à son amant !

Alexis ne put souffrir ce spectacle plus longtemps; à tout hasard il se mit avec cinq ou six étourdis, aussi touchés de compassion que lui; ils s'unirent, et faisant une escarre dans la presse, Alexis, d'un coup de sabre, coupa la corde fatale et reçut Eulalie dans ses bras, tandis que ses camarades, à l'aide de quelques coups de plat d'épée, écartèrent le reste et lui donnèrent le moyen de se sauver avec elle, dont le bailli fit un beau procès-verbal.

Ainsi Eulalie, qui avait pensé périr dans le feu, dans l'eau, et tout à l'heure en l'air, fut pour la troisième fois sauvée par son amant. Cependant nos oiseaux s'envolaient à tire-d'aile. Comme tout se trouve à point dans les histoires extraordinaires, Alexis rencontra un cheval qui passait non loin de là, qui lui vint fort à propos; au hasard de le crever, il lui fit faire une traite qui paraîtrait sans doute incroyable, si tout n'était pas possible dans de certaines circonstances.

La fortune, qui semblait vouloir se réconcilier avec eux, après leur avoir fourni les moyens de se mettre en sûreté, n'en demeura pas là. Alexis reçut des nouvelles du pays, qui lui mandaient que son père était à l'extrémité, et qu'il n'avait point de temps à perdre, s'il voulait venir recueillir ses derniers soupirs et sa succession. Dans cette extrémité, combattu par l'amour, par la piété envers son père et par le besoin futur où il allait tomber, il crut qu'il ne devait pas laisser mourir son père sans lui ; il fallut encore se séparer de sa chère Eulalie; mais il espéra que cette séparation serait la dernière, et qu'ils se réuniraient enfin une bonne fois pour toutes.

Cependant certains pronostics opiniâtres, qui reviennent toujours quand on les chasse, semblaient lui présager quelque chose de sinistre; il avait beau les secouer; il buvait, mangeait, allait, venait, demeurait et dormait malgré lui avec eux; il ne pouvait deviner à qui ils en voulaient, et ne prévoyait pas qu'il pût lui arriver rien au delà du trépas de son père. Il part donc, et les adieux furent entremêlés de soupirs plus accablants que jamais. A peine Eulalie,

qui l'avait suivi des yeux, autant qu'ils pouvaient s'é-
tendre, eut perdu de vue cet objet que l'amour semblait ne lui faire que prêter, qu'elle tomba dans un
abattement affreux ; elle eut tous les avant-coureurs
de la maladie la plus en forme et la plus considérable
qu'on puisse avoir ; le courage, qui l'avait soutenue
jusqu'ici, lui fit faux bond tout à coup ; elle s'en
trouva moins qu'une femmelette accablée de la perte
d'une guenuche ou d'un perroquet. La maladie ne
manqua pas de se déclarer au plus tôt ; il fallut se
mettre au lit pour n'en plus relever ; malgré la di-
sette de médecins, le mal empira lui-même, sans
aucun secours, et vint à tel point, qu'elle cessa de
donner aucun signe de vie. Ce moment fatal arriva
jour pour jour le quinzième du départ d'Alexis, qui,
sans savoir rien de rien, arrivait à toutes jambes, et
se trouva justement à temps pour assister aux convoi
et enterrement d'Eulalie. Ce fut alors que le désespoir eut son cours ; peu s'en fallut qu'il ne se fît enterrer avec elle ; mais on ne voulut pas lui accorder
cette faible consolation. On le ramena malgré lui au
logis de la défunte, où ce fut encore pis quand il ne
l'y trouva plus ; il ne laissait pas de la chercher partout.

Les grandes douleurs sont folles; celles d'Alexis furent des plus extravagantes, mais elles lui étaient pardonnables : quand on perd tout, on peut bien perdre l'esprit; il lui en resta cependant assez pour lui faire prendre une résolution qui marquait bien la grandeur de son amour, et qui prouva que le temps ne pouvait jamais le diminuer. Pour exécuter ce grand dessein, il attendit la nuit, qui heureusement ne tarda pas : aussitôt il fut trouver le corps d'Eulalie, qui gisait dans sa dernière demeure. Là, malgré la peur des revenants, il fit si bien qu'il se coucha avec elle, dans le dessein d'y mourir tout enterré : il se mit donc lui-même tout au fond, charmé de se trouver enfin réuni pour jamais avec sa maîtresse : il se recouvrit de terre le mieux qu'il put; et, se rangeant côte à côte du corps d'Eulalie, il se mit à lui tenir les discours les plus tendres, qui auraient été capables de réchauffer sa cendre, s'il n'eût répandu en même temps un torrent de larmes : ce fut alors qu'un doux sommeil venant fermer ses yeux, il se crut mort.

On se tromperait à moins, puisque le sommeil est le frère de la mort, et ressemble à sa sœur comme deux gouttes d'eau. Dans cet état, son esprit ne s'endormit pas, et continua par un songe agréable à s'entretenir avec la défunte, qui, de son côté, semblait lui répondre sur le même ton. Qui aurait pu les ouïr aurait sans doute été très étonné d'entendre dire à des morts des choses si belles, que les vivants auraient eu de la peine à en dire autant. Ainsi se passa la nuit entière, lorsqu'Alexis, qui ne croyait plus être en vie, eut quelque soupçon du contraire.

A force d'y prêter attention, il crut entendre sa voisine soupirer et gémir à son tour : il se rappela certains discours, des réponses, des plaintes et des tendresses qu'il croyait venir de l'autre monde, ou plutôt il s'y crut avec Eulalie. Cependant, à travers quelques vides qu'il n'avait pas rebouchés exactement, le soleil pénétra ce mystère, et, par des détours obliques, porta ses rayons naissants jusques au fond de leur sépulture.

Est-ce vous, cher amant? lui dit Eulalie. Quoi! vous n'avez donc pu me survivre? Quelle marque d'amour viens-je de recevoir de votre part! Ah! je m'en ressouviendrai éternellement! — Vous le voyez, répondit Alexis, le trépas nous a réunis. Que faire où vous n'êtes pas? La vie est où vous êtes; ce n'est plus être mort que de l'être avec vous. — Mais, dit Eulalie, en bonne foi, sommes-nous morts? Je ne sais; mais je vous avouerai que j'ai de la peine à le croire. — Ah! n'en doutez pas, répondit Alexis, puisque nous sommes enterrés; ce sont nos ombres et nos âmes qui s'entretiennent. Tâtez comme nos corps sont froids; mais vraiment ils ne le sont pas, s'écrièrent-ils tous deux, s'étant tâtés en même temps. Ah! dit Alexis, c'est une chaleur d'amour; c'est le feu dont nous avons brûlé qui couve sous sa cendre, et qui s'entretient par le voisinage de nos corps. — Je ne sais, dit Eulalie; mais il me semble que je me sens comme si j'étais pleine de vie. Après tout, comme je n'avais jamais été morte auparavant, j'ignore comme on est quand on n'est plus, et je m'en rapporte à vous. — Je croirai tout ce qu'il vous plaira, reprit Alexis, et je ne serai mort qu'autant que vous le serez; mais éclaircissons-nous, la vie en vaut bien la peine.

Tout en disant cela, ils se démenèrent et se débarrassèrent un peu de leur funeste attirail.

« O ciel! s'écrie Alexis, ressuscitons-nous? Est-ce aujourd'hui le grand jour? Je ne sais où j'en suis, ni ce que nous sommes. A tout hasard, voyons, levonsnous, et sachons un peu ce qui se passe. Oui, je reconnais tous ces lieux; ils sont comme je les ai laissés.

Voyez cette colline à gauche et ce vallon au bas, ce ruisseau qui serpente, ces gazons qu'il fit naître, ces campagnes émaillées et ces fleurs odorantes; je vois, j'entends les heureux habitants de ces cantons fortunés chanter et danser au son de la musette; voilà des troupeaux paissans, des agneaux bondissans, des chiens et des bergers, des cabanes rustiques, des toits couverts de chaume. »

Tandis qu'Alexis, chemin faisant, faisait l'inventaire de ce qu'il voyait, Eulalie lui dit : « On nous prendra pour une mascarade, si l'on nous voit; réfugions-nous promptement à la maison, et là nous nous instruirons du reste. » Ils arrivèrent à la porte du logis, où ils ne furent pas plus tôt entrés, que chacun disparut. La frayeur s'empara de toute cette maisonnée; ils ne purent trouver à qui parler qu'à eux, mais cela leur suffit; peu à peu ils s'assurèrent réciproquement qu'ils étaient en pleine santé. Petit à petit, ceux qu'ils avaient si fort effarouchés revinrent et s'apprivoisèrent avec nos revenans. Enfin, Eulalie et son amant apprirent qu'on l'avait crue assez morte pour l'enterrer; qu'apparemment il lui avait pris une faiblesse, qui était dégénérée en léthargie; et, comme il est arrivé de nos jours à plusieurs morts que l'on connaît, on l'avait enterrée vivante : il fallut bien en passer par là, et recevoir les excuses qu'on leur fit à ce sujet.

Ainsi Alexis remplit la quatrième épreuve d'amour dans le quatrième élément, et se trouva dans le sien, qui était les bras d'Eulalie ; il l'épousa enfin, au grand contentement de tous ceux qui surent cette histoire, qui n'aura peut-être jamais sa semblable, quoique pourtant il n'y ait rien que de très faisable. Ceux qui voudront en retirer quelque belle moralité en amour y trouveront celle-ci : *Tiens bon, et je t'aurai.*

D'UNE PIERRE DEUX COUPS

CERTAINE dame, à dessein ou autrement, tourmentait jour et nuit M. Tirsis, pour savoir s'il n'avait point quelque anguille sous roche, c'est-à-dire une maîtresse. Comme la discrétion est une des premières obligations de la galanterie, le chevalier ne répondait point *ad rem;* mais peut-on toujours résister à de beaux yeux et à une belle bouche réunis ensemble ? La dame était aussi aimable qu'on doit l'être quand on a ces sortes de curiosités; et il était peu de choses dans le monde qu'elle ne fût en droit d'obtenir. Ses appas mettaient dans ses prières une autorité absolue. Un jour donc de Sainte-Catherine, qui était sa fête, elle reçut dès le matin, de la part du sieur Tirsis, un petit paquet cacheté d'un chiffre inconnu ; elle l'ouvre aussitôt, et trouve, quoi? me direz-vous. Ce n'était qu'un petit miroir de poche avec ces mots écrits au-dessous : *N'osant vous nommer mon vainqueur, vous y verrez son portrait.* Ce que voyant, la dame passa dans son cabinet, refit un paquet du miroir, et le renvoya par le même porteur au galant, qui fut désespéré en recevant son paquet ; il crut que la dame le méprisait ; cependant il l'ouvrit en tremblant : quel fut son ravissement quand il vit qu'elle y avait ajouté au bas ces mots consolans : *Je vous en livre autant.*

QUI PERD GAGNE

— HISTOIRE —

L'INFORTUNÉ M. Usquebak, toujours conduit par son malheureux sort, après avoir erré longtemps

par la ville de..., se trouva enfin rendu sur le Pont-
Royal vers minuit ou une heure. Là, excédé de fatigue et d'ennuis, le cœur gonflé de soupirs et les yeux
noyés de larmes, il leur donnait un libre cours, assis
nonchalamment sur l'une ou l'autre banquette, lorsqu'un événement imprévu et invisible lui fit, malgré
lui, interrompre ses tristes rêveries, et le tira d'un
sommeil qui commençait à l'affaiblir. D'abord, il lui
sembla ouïr quelque mouvement et quelques sons
mal articulés qui venaient de loin. La curiosité calma
pour un moment son désespoir, et lui fit tourner l'o-
reille de ce côté-là; soit que le vent, favorable alors,
lui portât la parole ou autrement, il distingua, sans
rien voir, des gémissements qui partaient d'une
femme envers qui on voulait apparemment user de
violence. Il fut bientôt plus instruit; car, quoique la
nuit semblât ce jour-là avoir employé exprès les voiles
les plus opaques, il discerna ce dont il s'agissait, par
ces mots que la fureur dictait : Non, cruelle, disait
l'autre, il n'est plus temps de vivre! il faut enfin ex-
pier à la fois vos refus, vos rigueurs et toutes vos
cruautés, barbare que vous êtes! et mille autres in-
vectives semblables qu'il vomissait à grands flots. Il
n'y a que la mort qui puisse m'ôter un amour si mal

récompensé, et vous jugez bien qui de nous deux l'a
le mieux méritée. En disant cela, il assit la pauvre
dame sur le bord du parapet, les jambes passées du
côté de la rivière, et était prêt de la précipiter. Dans
cette situation affreuse, la malheureuse infortunée,
qui ne tenait presque plus à rien, joignait les mains;
et, par les accents les plus pitoyables, conjurait inutilement l'inhumanité de son bourreau, qui devenait
toujours plus dur qu'un Pharaon. Quoi! disait-elle,
en se raccrochant du mieux qu'elle pouvait, dans un
moment qui est le dernier de ma vie, refuserez-vous
de m'entendre? — C'est pour vous avoir trop entendue
que je ne vous entends plus. — Mais que vous ai-je
donc fait? disait-elle. — Vous vous êtes trop fait aimer, disait-il. — Mais, disait-elle, a-t-on jamais noyé
une femme comme moi? Encore si je l'avais aimé,
si, après l'avoir fait, je vous avais fait des infidélités,
des perfidies, à la bonne heure, vous pourriez vous
fâcher; mais je vous ai toujours haï. De bonne foi,
c'est peut-être un grand malheur pour moi que d'être
insensible, j'y perds pour le moins autant que vous;
mais qu'y faire? il ne m'est pas plus aisé d'avoir pour
vous de l'amour, qu'à vous-même de vous défaire de
celui que vous avez pris : d'ici à demain, je ne vous

dirais pas autre chose; ce serait vous trahir que de vous rendre heureux ; car votre bonheur ne serait pas véritable. — Et que m'importe? reprit brusquement notre désespéré. Attrapez-moi toujours de même, une erreur véritable est un bonheur réel [1]. Mais c'est perdre un moment trop précieux en discours inutiles; vous savez que jusqu'ici j'ai mieux aimé mourir que de vous violenter en la moindre chose, et que, si j'avais voulu user de la loi du plus fort, mon amour à présent en aurait le cœur net. Ingrate! je voulais ne vous devoir qu'à votre goût, et que votre cœur devînt un présent de votre main; mais va-t'en voir s'ils viennent : enfin, je suis trop désespéré pour n'en pas finir. Encore un coup, et pour la dernière fois, il faut opter; çà, cruelle, le cœur ou la vie. — Ni l'un ni l'autre, répondit l'inhumaine assez sèchement. — Ah! c'en est trop, tigresse. Ce fut le propre terme dont il se servit. A ces mots, s'abandonnant à sa rage, qui croissait d'autant plus, il prend l'objet de sa fureur à travers le corps, et, après l'avoir quelque temps balancée en l'air comme pour la lancer à l'eau, il la jeta tout au beau milieu du pavé du pont;

1. Il faisait des vers par mégarde; l'indignation fait le vers.

et, détournant tout à coup contre lui-même son désespoir, il se précipita à corps perdu dans les flots,
en s'écriant : Mourons comme j'ai vécu [1].

A ce changement de scène, et au bruit de sa chute,
la pauvre délaissée fit un grand cri, auquel le sieur
Usquebak accourut aussitôt. Dieu! quel fut son éton-
nement suprême, quand il reconnut que la dame en
question était sa femme, qui lui avait été enlevée la
surveille de ses noces, et dont il pleurait depuis six
semaines le ravissement et l'infidélité; car il ne doutait pas qu'elle n'eût prêté la main à son enlèvement. Elle se justifia aisément de ce reproche, ainsi
que du reste. Sa résistance et le désespoir du ravis-
seur, joints au petit colloque qu'ils avaient eu ensemble, cadraient parfaitement avec son innocence;
l'amour croit volontiers une maîtresse innocente.
Ainsi nos deux époux se trouvèrent réunis par une
des plus singulières aventures dont il ait jamais été
fait mention sur le Pont-Royal. Cette intacte Lu-
crèce rentra dans les bras de M. son époux comme
elle en était sortie, et retrouva dans lui-même un
amant aussi tendre, mais moins furieux que le dé-

1. C'était un marin.

16

funt. C'est ce qui a fait intituler cette histoire véritable de *Qui perd gagne*, par laquelle les dames
voient que la fidélité est toujours bonne à avoir, et
qu'un amour qui n'est pas en règle tourne mal à son
auteur. On ne doute pas cependant qu'après les ex-
plications indispensables entre eux, leurs premiers
soins n'aient été de faire secourir le malheureux qui
s'était noyé à leur sujet.

GALANTERIE NOUVELLE D'UN MARCHAND BOUCHER

A SA MAITRESSE

Il y avait une fois un honnête boucher, qui avait
bien plus d'argent que d'esprit, duquel il fit l'u-
sage qui s'ensuit. On l'avait invité à faire une galanterie à sa maîtresse; il rêva donc si longtemps, que
le mardi gras arriva : comme il n'y avait plus de
temps à perdre, il imagina de lui envoyer un bœuf,
dans lequel il y avait un cochon, qui renfermait un
veau, où était contenu un mouton, où l'on avait mis un
poulet d'Inde, lequel contenait un chapon du Mans,
garni en dedans d'une bartavelle, où se trouvait un

ortolan ; et ainsi toujours en diminuant, l'un dans l'autre, jusqu'à une petite mauviette, dans laquelle, pour finir, il avait écrit un billet de déclaration, en ces termes :

« Si le contenu du présent billet est agréable à mademoiselle, je préférerais la mauviette à ortolan, perdrix, chapon, dindon, mouton, veau et cochon, et je m'estimerais plus heureux que ce bœuf gras. »

UN POISSON D'AVRIL

Un amant, qui par hasard n'avait pu plaire à celle qu'il aimait, ne laissa pas de gager contre elle qu'il lui donnerait le meilleur poisson d'avril du monde ; elle, de son côté, ne voulant pas demeurer en arrière, gagea aussi contre lui qu'elle lui en fournirait un bien plus beau. Ledit sieur fit donc faire une caisse en forme de poisson d'avril, mais assez grande pour qu'il pût se fourrer dedans. Effectivement, il s'en fit un étui, et on le transporta ainsi chez sa demoiselle, laquelle en conçut à l'instant de si grands soupçons, qu'elle se douta du contenu. Elle trouva justement sous sa main un autre de ses amans, qui lui plaisait infiniment, et avec qui elle était en pourparler de noces; c'est pourquoi elle s'assit avec lui sur la caisse énigmatique, et là, sans autre façon, elle reçut et accepta de lui toutes les promesses imaginables d'amour et de fidélité, à charge d'autant; le tout accompagné de railleries et plaisanteries à l'encontre de celui qui faisait l'âme du prétendu poisson d'avril. On demande lequel des deux valait le mieux.

COMME LES CHOSES ARRIVENT

— HISTOIRE —

Mademoiselle Brechet contait l'autre jour à un monsieur de qualité, de ses amis, qu'elle avait trouvé chez une de ses parentes, là où elle dînait, M. Daviliers, qui, l'ayant entendue chanter de petits airs à boire, et qu'elle rendait à manger, lui avait

dit : En vérité, mademoiselle, vous devriez bien entrer à l'Opéra. — Pour qui me prenez-vous, monsieur? lui avait-elle dit; je ne suis point fille à ça, je
veux retourner à mon couvent (dont elle était en
effet pensionnaire).

A quelques jours de là, elle revint encore diner
dans le même endroit; et M. Daviliers, qui s'y trouva
pareillement, lui dit, quand elle eut chanté ou plutôt enchanté toute la compagnie : En vérité, mademoiselle, vous devriez bien entrer à l'Opéra. Je l'envoyai paître fort poliment, mais de façon que je
crus qu'il ne m'en parlerait jamais plus. Cependant,
le même diner s'étant encore refait de la même façon, M. Daviliers ne me dit-il pas encore la même
chose! Oh! je me fâchai tout de bon, je vous le rem-
barrai qu'il n'y manqua rien; je pleurai, je voulus à
toute force retourner à mon couvent... et j'entrai le
lendemain à l'Opéra.

HISTOIRE VÉRITABLE D'UN GENTILHOMME

QUI DONNA A SOUPER A DEUX DAMES QU'IL VOULAIT ÉPOUSER

JAMAIS on ne se ruine que quand on fait des dépenses extraordinaires ; c'est ce qui fait qu'on ne doit pas s'abandonner à la dissipation des richesses, quand la fortune nous fait le plaisir de nous donner du bien, comme on le va voir.

Un gentilhomme, amoureux de deux dames, nommé Guillaume, les couchait toutes deux en joue, en tout bien et en tout honneur. En fin finale, il parvint à leur donner à souper à toutes deux et lui sont trois. Rien ne faisait mieux voir sa magnificence que sa bombance ; car sans doute le festin n'a pas eu son égal, tant pour les petits pieds que pour les autres viandes et la bonne chère qui y étaient répandues partout, sans compter le vin et les autres boissons ; les bouteilles volaient à la ronde, pendant quoi ils faisaient la conversation, où Cupidon et Bacchus n'étaient point épargnés ; il en contait à la brune et à la blonde, pour parvenir tour à tour à en

épouser une des deux, car il s'était fait informer
dans le quartier qu'elles étaient fort riches et fort
belles. Mais les mauvaises intentions sont toujours
mal récompensées; car une des demoiselles, ayant
beaucoup mangé de plusieurs ragoûts, fit semblant
de sortir en s'en allant de la chambre pour les écouter; ce qui fit qu'il conta des fleurettes à la blonde,
dont elle se trouvait fort prête à l'épouser en l'absence de l'autre. Elle rentra, après les avoir entendus entre la poire et le fromage, en fureur où elle
prit un couteau, et voulant le poignarder dans sa
colère. Mais l'autre demoiselle brune, voyant qu'il y
avait eu aussi des promesses avec sa cousine, prenant de son côté une fourchette qu'il y avait sur la
table par hasard, elles sortirent toutes deux en ren-
versant tout ce qui était dessus, soit plats, soit chan-
deliers, et jusqu'au vin, avec des paroles injurieu-
ses, pour ne le plus voir jamais. C'est pourquoi Damon, qui entra sans trouver seulement un verre où
l'on pût boire tout entier, entra déplorant le sort de
son infortuné ami, lui représenta qu'il ne faut pas
dépenser notre argent sans prendre garde à ce que
nous faisons, entraînés par la volupté des passions,
surtout quand on court deux lièvres à la fois.

CHANSON

SUR L'AIR DU PROLOGUE DES INDES GALANTES :

Point de bruit, etc.

Q<small>UAND</small> on est gentilhomme,
  On sait comme
L'amour se gouverne
Quand on est gentilhomme,
  On sait comme
Faut s'en agir.
Quand on tient sa brunette,
On va z'à la guinguette,
On fait venir d'un air aisé
Un ragoût, du vin rosé
Quand on est gentilhomme.

Second couplet.

En trinquant avec elle,
On lui regarde dans la prunelle ;

> En trinquant avec elle,
> On la prend par le chignon,
> En disant : C'est que je t'aime.
> Elle répond : Moi de même.
> Et puis, pour la divertir,
> On l'embrasse, ça fait plaisir !
> En trinquant avec elle, etc.

BATAILLE DE CHIENS

Dont un mariage est devenu rompu.

JE ne sais pas d'où vient qu'on considère tant les chiens, après ce qui en vient d'arriver de nos jours à un repas sur la paroisse de Bonnes-Nouvelles, le propre jour de la noce, ainsi qu'il s'ensuit. Comme on y mangeait beaucoup, et qu'un chacun, par mégarde, jetait les os sous la table, deux chiens les rongeaient, comme on voit souvent que c'est d'ordinaire la coutume dans les festins, si bien que la chienne, se disputant avec Médor, faisait un diable à quatre, qu'on avait bien de la peine à s'entendre, et qu'on donnait différens coups de pied pour les faire taire ; ce qui

fit que Sultane marcha imprudemment sur le pied
du marié, qui, prenant ça pour un autre, sentit
d'affreuses jalousies qui lui entrèrent dans le cœur.
La mariée innocente, qui n'avait marché sur personne, et qui n'en savait pas les conséquences, faisait
comme si de rien n'était. Pendant tout ce temps-là,
les yeux du fiancé tombaient avec fureur sur son
cousin du côté de la mariée, qui, sur ces entrefaites,
but par malheur à sa santé, qui le lui rendit, ainsi que
la civilité le permet, sans qu'il y eût rien là-dessous.
A cet outrage, le sieur Dorimène, je veux dire le
marié, que nous nommerons dorénavant de la manière,
se jeta sur sa prétendue, lui arrachant sa belle garniture. Sur cette vivacité, voilà tous les garçons de
la noce et madame la belle-mère qui retira sa parole,
dont le mariage ne se fit plus. Voyez, après cela, si
vous devez mener vos chiens en compagnie.

QUEUE DE MOUTON

CHANSON.

Avec la manière qui convient.

Il faut d'abord que la personne, soit homme ou demoiselle, qui veut divertir honnêtement la compagnie en chantant cette chanson, se retire pour un moment du repas sous quelque prétexte honnête, comme d'*aller parler à son procureur* ou telle autre civilité.

Étant seule, il faut qu'elle roule sa serviette de telle sorte que cela ressemble à une queue de mouton ; et la meilleure manière est que l'un des deux bouts soit propre à faire beaucoup de bruit en y enfermant, par exemple, un mouchoir tortillé, ou même une fourchette, ce qui serait d'un grand agrément.

Quand la queue est faite, il faut s'en attacher un bout par derrière, comme qui dirait à la grimace de la culotte, et faire passer ensuite la queue à côté de votre hanche droite ou de la gauche, selon votre

goût, la tenant à deux mains, et toujours en mouvement, comme la propre queue d'un mouton, pendant
que vous chantez, et surtout quand la compagnie
répète le refrain ; ce qu'on fait ainsi.

Nous dirons pourtant auparavant que, quand on a
un ami dans la compagnie, et qu'il vous voit revenir
avec la queue de mouton, comme nous avons dit, il
doit avertir, sans faire semblant de rien, un quelqu'un de l'assemblée, soit en poussant du coude, ou
par quelques joyeusetés en paroles, afin d'attirer les
yeux des personnes dessus ; car cela annonce agréablement la chanson comme la voilà :

CHANSON

Sur l'air : *Eh ! haut le pied, gué, ma diguedondaine*, etc.

Je suis un marchand de mouton,
La bonne emplette, achetez donc :
J'ai tous les plus beaux du canton.
Voyez la queue, la belle queue.
Ah ! quel bon mets que la queue, que la queue !
Ah ! quel bon mets que la queue de mouton !

J'ai tous les plus beaux du canton,
La bonne emplette, etc.
C'est moi qui fournis Maubuisson,
Voyez la queue, etc.

C'est moi qui fournis Maubuisson,
La bonne emplette, etc.
Et les dames de Miramion.
Voyez la queue, etc.

Et les dames de Miramion,
La bonne emplette, etc.
Les malades quand elles en ont.
Voyez la queue, etc.

Les malades quand elles en ont,
La bonne emplette, etc.
En prennent pour leur guérison.
Voyez la queue, la belle queue.
Ah ! quel bon mets que la queue, que la queue !
Ah ! quel bon mets que la queue de mouton !

La personne est encore avertie qu'il ne faut pas
manquer, en finissant la chanson, de frapper un
grand coup sur la table, en disant : C'est pour la
demoiselle la plus friande de la compagnie.

Si c'est une dame qui veut chanter la chanson, elle peut faire revenir la queue par la poche de son tablier. Il y en a qui la font passer par-dessus leur épaule, et j'ai remarqué que cela faisait encore plus de plaisir à la compagnie.

ODE AMOUREUSE ET LYRIQUE

D'un gentilhomme à sa maîtresse.

TRADUITE DU GREC

Sur l'air : C'est mademoiselle Manon qui a bien su me plaire, etc.

Il faut observer que, pour aller sur l'air, on ne prononce quelquefois plusieurs syllabes que comme une, et ces syllabes sont en lettres d'Italie.

C'EST dans *une rue de Paris* que j'ai fait *une* maîtresse,
Mais malheureusement c'est *que je n'y* suis pas heureux
    Je lui *parle* quand *je veux*,
    Je l'entretiens de tous mes feux :
Elle ne me répond pas avec délicatesse.

Je la vois tous les soirs,
Et si *cependant je n'ai* point d'espoirs
Qu'elle soit, quèqu*es-uns* de ces jours,
Sensible à mon amour.

Est-ce que *je serais* destiné à aimer *une* cruelle,
Qui me dit pour jamais *qu'elle veut me faire* enrager ?
J'ai beau m'en fâcher,
Elle ne fait rien pour me soulager ;
Et *cependant je lui* promets une flamme éternelle,
Parce qu'elle *a* de beaux yeux,
Qui sont fous, brillants et joyeux,
Et d'ailleurs aussi bleus
Que l'on peut voir les cieux.

Un beau jour de juillet que *je la* trouvai toute seule,
Est-ce que *je n'osai* pas lui déclarer mon tourment ?
Je lui dis tout nettement
Que *je voulais bien être* son amant.
Elle ne me répondit rien, ni ne fit la bégueule.
Je crus pour certain,
Qu'elle me répondrait dès le lendemain :
Ce *fut* en vain, puis*que son* cœur
Me tient encor rigueur.

Enfin, *elle me* répondit, avec un air modeste,
Que j'avais un fort grand tort de vouloir tant l'aimer !

Qu'elle se connaît bien, *qu'elle* n'est pas *faite* pour charmer.
Avec ces beaux propos, *elle crut me* donner mon reste.

      Qu'elle a des mépris,

    Parce *que*, si son cœur étroit épris,

   Elle voudrait m'aimer tant,

    Que *cela ferait* son tourment.

Voyez la *belle* raison qu'à ma flamme elle oppose !
Elle me laisse quelquefois pourtant baiser ses mains.
Ne vous étonnez pas si *cela* me fait du chagrin ;
C'est *que je* voudrais bien, *qu'elle* me donnât autre chose ;

     Mais ; hélas *elle me* répond,

    Et cela d'un air *qui me* confond,

    Que je n'aurai jamais

    Aucun de ses attraits.

Elle dit *que ce n'est* qu'à ses yeux qu'elle doit ma tendresse,
Mais quand bien *même cela* serait, doit-elle m'en aimer moins.
Malgré ses rigueurs, tous les jours je lui rends des soins
Et *je lui* tiens des discours tout *comme* pour *une* Princesse.

     C'est que si je ne l'ai pas,

    Me *voilà* dans un grand embarras ;

    Parce *que* c'est celle d'Argos [1]

    Qui trouble mon repos.

1. Pâris.

Quoiqu'*elle* ne rende pas justice à ma confiance,
Je ne veux pas la quitter pour m'enflammer ailleurs.
Peut-*être* qu'un *jour je pourr*ai bien vaincre sa rigueur.
Car il est des moments contre l'indifférence.)

   Si *je lui* plais jamais,
  Je me **pay**er*ai* bien de tous *regrets*,
   Etant très sûr qu'elle a
   Tout ce qu'il faut pour *cela*.

* *
* *

D'AUCUNS de nos amis envieux prétendent, en parlant au monde, que nous n'avons jamais connu ce que c'est que les régularités des vers. Pour les convaincre de la preuve du contraire, nous glisserons dans ce corps de pièces furtives une déclaration de poésie en amour, d'un anonyme nommé M. de Genticourt, qui écrit avec réflexion tout ce qui lui vient au bas de la plume.

17

POUR MADEMOISELLE DEROMERAY

AIMABLE DEMOISELLE

D'un mouvement soudain, comme il fut légitime,
    Votre objet, mon vainqueur,
Passa dedans mes yeux, entra dans mon estime,
    Et tomba dans mon cœur.
Ce ne sont point vos lis, ce ne sont point vos roses
    Qui m'ont le plus tenté ;
Je découvre plus loin, et vous avez des choses
    Par-delà la beauté.
Votre aimable beauté contribue à ma flamme,
    Qui cause mon transport ;
Or, c'est plus qu'en partie à cause de votre âme
    Que j'aime votre corps.

LA PAROLE FAIT LE JEU

HISTOIRE

M ONSIEUR Bonnau, dont nous tairons le nom
dans ce cas-là, avait une fille qu'il se plaisait à
élever dans les belles manières. Elle était belle comme
un charme et civile à faire plaisir à tous ceux qui
allaient la voir; mais tout cela, sans la vertu, ne sert
pas d'un clou à sifflet. Il arriva donc que, comme il
ne voulait pas qu'on hantât des hommes, d'autant
qu'il savait ce qu'en vaut l'aune, rapport que la plupart du temps les filles ne tombent dans le désordre
de leur mauvaise conduite que parce qu'on leur en
donne l'instigation; c'est pourquoi il fut obligé de
faire un voyage où il ne pouvait pas la mener; ce qui
fit que, parmi la plus grande partie du peu d'honnê
tes gens qu'il soupçonnait d'avoir une bonne éducation, il choisit un jeune seigneur de condition, d'autant qu'il y a bien de la différence entre les gens
d'une certaine façon, et il lui laissa mademoiselle Ja-

votte. Comme ils demeuraient ensemble et même se
voyaient tous les jours, ce qui était fort aisé et facile,
ils devinrent amoureux, dont ils ne se seraient doutés
de rien, si mademoiselle Javotte ne s'en était pas
aperçue. Elle le dit à son amant, qui en convint de
bonne foi; mais cela ne les avança de rien, ce qui
est toujours bien cruel dans le cas de ces sortes d'occasions. M. Bonnau, en revenant, trouva sa fille
comme il l'avait laissée, ce qui ne lui fit pas de peine;
car il craignait que l'amant de sa fille aurait voulu
devenir son gendre, c'est-à-dire s'amuser à la bagatelle; mais il ne fut ni fou ni étourdi, et lui déclara,
sans en faire à deux fois, qu'il ne voulait plus garder
sa fille, d'autant que cela se garde, pour la plupart,
comme le chat fait la souris; ce qui fit que M. Bonnau le remercia de sa civilité. Mais dès le lendemain,
comme le jeune amant n'avait plus d'honneur à
garder dont il fût chargé par la politesse du père, il
vint tout doucement en catimini, et se cacha dans la
ruelle, de manière que tout le quartier en a tenu
hautement de certains discours à l'oreille, sous prétexte que la fille en était devenue enceinte; et voilà
ce qui fait la probité.

Cette histoire galante nous a été envoyée pour insérer dans notre livre; mais, quoiqu'on y remarque bien du mérite, nous ne l'avons pas jugée digne de l'impression; c'est pourquoi nous la mettons ici, afin que le public voie que nous ne cherchons qu'à avoir l'honneur de son approbation.

DÉCLARATION MUSULMANE

L'AMOUR est du pays de tout le monde, jusqu'en Turquie, à la différence de la façon, ce qui, dans le fond, revient au même; témoin le Turc ci-après, que l'on appellera, je crois, musulman. Il était tombé furtivement amoureux de trois honnêtes et belles filles de son quartier, qui logeaient ensemble, et à qui cependant il n'avait pas encore osé le faire savoir. Or, pour y parvenir, il se proposa de leur donner la foire, qui se tenait pour lors à Constantinople; il y fut, et acheta trois beaux et bons fichus brodés comme des anges en soie, qu'il mit bien proprement dans une jolie boîte, sur laquelle il avait fait peindre en France trois cœurs au naturel, qu'un amour poursuivait, avec cette devise ingénieuse au-

tour, en lettres dorées au-dessus : *Autant de fichus.*
Le tout fut porté dès le matin par un eunuque au
logis de ces belles, qui déjeunaient ensemble, dont
les trois demoiselles toutes réjouies, ayant découvert
le pot aux roses, se doutèrent bien de l'énigme, et le
tinrent dès lors pour leur amant. Vous autres, qui
aimez sans oser sonner mot, donnez; c'est la grosse
cloche en amour.

ÉLOGE

PAR la mort, messieurs, à laquelle nous sommes
tous sujets, sans qu'aucun mortel en soit dis-
pensé, nous perdons le souvenir des pensées dont
cette vie est remplie; l'exemple des autres nous l'apprend. L'illustre M. G..., que nous venons de perdre,
digne objet de nos regrets, ne les entend pas, et
même les ignore; il nous en laisse goûter l'amertume,
et n'en recueille que les fruits. L'héritage qu'il nous
a laissé de plusieurs beaux ouvrages enrichit la postérité; et un si beau modèle d'émulation, en formant
sur lui des sujets qui l'imiteront, fera naître notre

consolation de la cause même de notre douleur. Permettez, messieurs, que je ne m'explique pas, et que,
pour me conformer à la modestie du mort et à la volonté des vivants, je ne nomme pas par leur nom les
ouvrages de M. G..., répandus dans cette édition nouvelle : chargé seulement du soin de son éloge, j'ai
cru devoir en user comme je fais, et me borner à ce
qui peut donner aux lecteurs de ce livre une idée juste
d'un de ceux qui y ont travaillé.

M. G... était un gros homme, et la nature en cela
s'était joué, comme elle fait souvent; car il n'avait
été que deux mois en nourrice, à cause qu'il avait ap-
porté toutes ses dents en naissant : cependant il n'a
jamais été sur sa bouche, et ce n'est pas de cela qu'il
est mort, mais bien d'avoir passé les nuits à travailler. Il avait été magister dans sa ville à l'âge de dix-
sept ans, ensuite bedeau de la cathédrale, et puis ta-
bellion, et puis beaucoup d'autres emplois, dont il
s'est toujours acquitté à la satisfaction d'un chacun.
Ses œuvres prouvent combien il était agréable en
compagnie, faisant toujours rire, sans pincer; aussi
ses meilleurs amis n'étaient jamais fâchés d'être avec
lui; et cependant il leur faisait, quand il voulait, accroire que des vessies étaient des lanternes; mais ça

leur faisait plaisir. Ce n'est pas qu'il n'y eût bien quelque chose à dire sur son compte, à l'occasion d'un événement qui arriva dans une rencontre où il ne se conduisit pas de la belle manière ; mais il ne faut jamais dire de mal des gens dont on veut dire du bien, quoique cela se pratique de la sorte aujourd'hui. Ainsi je n'irai pas plus loin, et je ne dirai rien non plus des livres qu'il a écrits, et qui ne lui ont pas fait honneur. Le silence est l'enfant de la douleur et le père du secret : renfermons-nous dans les bornes qui nous sont prescrites par l'un et par l'autre.

LE MARIAGE EN DÉTREMPE

Nouvelle véritable et historique.

Un jeune gentilhomme, comme qui dirait M. Éraste, d'honnête famille, quoiqu'il méritât bien qu'on lui en fit la honte, mais on espère que pas moins il s'y reconnaîtra, ne manquait pas, pour se divertir, dès que les foires de Saint-Germain et de Saint-Laurent étaient arrivées, que d'y aller tous les jours. C'est ce qui faisait qu'il ne désemparait pas du Préau; après quoi il était très assidu d'entrer à la Comédie des personnes naturelles, et toujours aux places à six sols, dont il n'y avait petit ni grand dans le jeu qui ne remarquât sa magnificence, surtout M. Léandre, premier acteur, qui avait beaucoup de maniè-res fort nobles, d'autant que son bon esprit l'avait

fait, par-dessus tous les autres, compère de Polichinelle. M. Éraste, même pendant le jeu, s'ingérait de
la conversation avec Polichinelle, et lui faisait dire
bien des gaudrioles; c'est pourquoi les spectateurs
de bon goût, qui les trouvaient fort récréatives et
instructives, et qui s'y divertissaient à bouche que
veux-tu, admirant l'esprit de M. Éraste, le préfé-
raient à toutes les autres marionnettes, dont il s'en
fallait bien qu'on ne se divertit autant; de quoi
M. Léandre eut la persuasion que c'était une personne de qualité; mais il n'en fut bien convaincu
que quand, en l'espionnant un jour en catimini le
soir, il le vit sortir de la foire, pleuvant à verse, qui
prit un fiacre pour se ramener chez lui. Aussi le
lendemain, dans un cabaret à bière avec des demoiselles et messieurs de sa troupe, qu'il se rafraîchis-
sait, le voyant passer, il ne se put tenir qu'il ne
courût à lui, pour lui demander, comme son meilleur ami, des nouvelles de sa santé, et qu'il avait
été bien mouillé hier au soir. A quoi M. Éraste, dont
on verra peu après les desseins, fit semblant de ne
le pas remettre autrement, et lui demanda, comme
surpris, ce que c'était qu'il lui faisait une question
de d'même, dont il ne lui avait jamais encore parlé,

n'ayant pas, ce lui disait-il, l'honneur de le connaître. Le sieur Léandre, quoiqu'un peu étonné de ce
qu'il ne le remettait pas, ne se déféra point tellement, qu'il ne lui dit son nom, et la raison pourquoi
il lui demandait des nouvelles de sa santé, dont
l'autre admira l'esprit de sa réponse, et lui dit que
pour cela il voulait boire avec lui, et le suivit dans
le cabaret à bière, où, entre autres, étaient mademoiselle Gogo, sœur du sieur Léandre, qui parut
étonner M. Éraste, comme s'il ne s'en fût pas aperçu,
ce qui n'était pourtant qu'une frime. Cette demoiselle, qui d'un côté était jolie, de l'autre représentait
à ravir les Isabelles; et, pour sa vertu, on peut bien
dire qu'elle était sans reproche, d'autant qu'il y
avait bien quatre ans qu'elle courait les villes et les
provinces; mais, pour le reste, fort peu de ça. On
peut juger si M. Éraste fut bien reçu de la compagnie, étant un homme de distinction, qui commença
par boire à la santé d'abord de tout le monde, sans
rien affecter, de quoi le sieur Léandre en fut aise et
le remercia. Lui qui était en cachette amoureux, à
perdre les pieds de mademoiselle sa sœur, et qui
savait combien l'autre était jaloux envers sa réputation, ne la regardait que du coin de l'œil, de peur

de pis ; ce qui fit que, quand il alla pour compter,
il trouva que c'était fait, tant à l'égard de la bière,
ratafia, etc., dont il ne lui dit autre chose, sinon
qu'il voulait avoir sa revanche ce soir-même aux
Porcherons ; de sorte qu'après la comédie, ils allè-
rent tous trois en se promenant du côté de la Bar-
rière-Blanche ; et M. Éraste donna le bras à mademoiselle Gogo, d'autant qu'elle avait de l'estime
pour les gens de mérite, et en était bien aise. Le
sieur Éraste demanda d'abord une salade, une fricassée de pigeons, avec une bonne tranche de bœuf
à la mode, et du vin à douze, sans compter les cer-
neaux, cervelas et autres desserts, de telle manière
qu'il en coûta au sieur Éraste plus de sept ou même
huit francs ; mais il était dans des circonstances et
dépendances à ne pas prendre garde à ça. Pendant
la collation, il avait (car l'amour a de l'invention)
trouvé moyen de persuader à mademoiselle Gogo
que ce n'était que pour elle tout ce qu'il en faisait ;
et, sans qu'il en vît rien, saisi l'occasion de boire
dans son verre, de quoi touchée, comme ça se doit,
elle lui avait marché sur les pieds, dont il ne douta
pas qu'il lui tenait au cœur ; ce qui lui fut d'une
grande satisfaction, par la raison que nous avons

dite, et qui lui fit passer gaiement la collation, parce
que M. Léandre, qui était naturellement jovial et co-
casse, n'en avait rien vu. Quand fallut s'en aller, il pria
l'amoureux de ramener mamzelle sa sœur, parce qu'il
avait affaire pour cette nuit sur le rempart; à quoi, faut
croire, il ne rechigna pas, dont le voilà seul avec
elle, la tenant par-dessous les bras, lui témoignant
du reste comme c'était pour elle de ce qu'il ne bou-
geait de son jeu, et que sans ça il ne s'en soucierait
pas autrement. A quoi sur le-champ : Eh bien, ce
dit-elle, faudra voir. Tant y a qu'ils arrivèrent à sa
chambre dans le faubourg Saint-Denis, au Plat d'É-
tain. Mademoiselle Gogo, bien irrésolue de ce qu'elle
avait à faire dans le cas, le laissa monter, parce
qu'il était de loin, comme on fait aux personnes de
connaissance, où incontinent il lui parla de mariage,
et qu'il n'en aurait jamais d'autres; ce qu'il écrivit,
signé Éraste. Pourquoi elle se crut épousée jusqu'au
lendemain matin, qu'elle ne le revit plus, ni à la
foire ni ailleurs; ce qui doit bien apprendre aux filles
ce que c'est que la perfidie des hommes, en tant que
ces mariages-là, dont est rare qu'il y en ait toujours
un de bon.

RELATION GALANTE ET FUNESTE

DE L'HISTOIRE D'UNE DEMOISELLE QUI A GLISSÉ POUR ÊTRE
ÉPOUSÉE.

L'hiver du mois de décembre 1742.

———

A M. DE ***

ÉPITRE DE DÉDICACE

Pour moi, je ne sais pas pourquoi, par où ni comment on ne s'est pas encore avisé de songer à dédier des ouvrages à feu M. le grand Molière ou du moins à sa servante. Il me semble que, depuis qu'il est mort, il est bien assez grand seigneur pour cela. Je voudrais donc qu'en considération de son mérite *d'autrefois, les auteurs d'aujourd'hui lui fissent la dédicace de leurs pièces, à moins qu'on ne dît que c'est rendre le mal pour le bien. Comme je travaille dans le même goût que vous, monsieur, et que je me suis modelé, c'est comme qui dirait stylé, sur vos excellens ouvrages, je vous prie d'agréer l'hommage que je vous fais de ce petit morceau d'histoire galante et funeste. Je sais bien aussi que c'est ici l'occasion de faire votre éloge, et que tous les auteurs en usent de la manière avec leurs Mécènes [1]; mais je ne sais par où commencer. Il vous faudrait un portrait tout neuf, parce qu'attendu que vous ressemblez à peu de gens, il y a peu de gens qui vous ressemblent. Eh! où trouver un homme aussi philosophe que vous, qui méprisez toutes les choses nécessaires, et ne vous souciez que du superflu? Parlerai-je du grand art de se rendre heureux? Vous jouiriez du plus parfait bonheur, si vous pouviez seulement ne pas troubler le plaisir que vous goûtez par l'inquiétude d'en chercher toujours un autre. Si j'envisage votre science, le catalogue seul de vos ouvrages ferait une bibliothèque. Je n'oserais pas les nommer tous, de peur de faire*

1. Mécène est un mot latin, tiré de l'histoire romaine.

souffrir votre modestie et la pudeur des autres. Vous
en auriez encore produit davantage, si vous n'aviez
pas résisté à votre talent marqué. Oui, vous étiez né
poète : quand on ne s'en apercevrait pas à la façon
dont votre prose est négligée, on le jugerait à votre
bibliothèque, où, jusqu'aux reliures, tout est en vers.

Les éloges que vous méritez ne m'aveuglent point
sur vos défauts ; je vous les dirai franchement, et je
vous avouerai que vous ne sentez point du tout votre
homme de condition. Vous n'avez ni ignorance ni or-
gueil ; et comme si on n'avait pas assez de ses pei-
nes, vous êtes assez simple pour compatir à celles
d'autrui. Vous vous distinguez par l'esprit et les ta-
lens comme un bourgeois ; et, ce qui marque la dé-
pravation de votre goût, vous cherchez des amis, vous
fuyez les complaisans, et vous êtes plus sensible à
l'estime qu'au respect avec lequel je suis, etc.

Devine si tu peux, et choisis si tu l'oses.

* *
*

IL y a à parier cent contre un que la postérité à venir ne saurait pas un mot de quoi il s'agit de nos
jours, si l'on n'avait pas soin de le lui apprendre ;
ce qui a fait inventer l'histoire ; et par ce moyen on
sait vivre sans avoir vécu.

Quoi qu'il en soit, deux jeunes messieurs, qui s'appelaient l'un et l'autre le comte et le marquis, et qui
même étaient de condition, ayant beaucoup de parents dans la robe et dans l'église : comme ils ne
pouvaient se regarder sans se voir comme deux ri-
vaux, d'autant mieux qu'ils aimaient la même personne, qui était à l'âge de dix-sept ans ; il est vrai
que c'était une beauté régulière ; de grands yeux,
qui accompagnaient le plus joli nez du monde, à
fleur de tête ; la bouche bien fendue, où il y avait,
quand on rit, des dents aussi belles que si c'était

18

d'ivoire ; avec toute la langueur des blondes et la
vivacité des brunes, sans qu'elle fût ni l'une ni
l'autre.

Pour à l'égard de l'esprit, elle l'avait très formé et
très grand, eu égard à la portée de son âge, attendu
qu'elle allait souvent à la Comédie au paradis, et
quelquefois le mardi à l'Opéra, par le moyen de mademoiselle C***, et même de M. T*** : et, pour en cas
de la politesse, elle en avait de la plus fine, comme
on le verra dans la suite. Il n'était donc pas étonnant
que tout le monde en fût amoureux, et particulière-
ment beaucoup de personnes telles que le comte et le
marquis.

Un de ces jours passés, qu'il faisait très froid,
comme chacun s'en souvient, mademoiselle Javotte
de Passy, qui se nommait ainsi, voulut aller prendre
l'air, parce qu'il est bon de s'hiverner pour n'avoir
pas si froid chez soi.

Nos deux amans, qui la suivaient jusqu'aux lieux
où elle allait, l'ayant vue tourner ses pas le long
d'une pièce d'eau glacée, dans un jardin dont le
nom est trop connu pour ne le pas cacher ou pour
le dire, entreprirent de lui donner un divertissement
dont les jeunes gens se servent ordinairement, c'est-

à-dire qu'ils voulurent lui faire voir comme ils pati-
naient. Mademoiselle Javotte les voyait faire avec
plaisir ; et, réellement et de fait, ils lui montraient
des choses fort agréables. De temps en temps, c'é-
taient des culbutes, et le tout par exprès et pour
faire rire. Mais ne voilà-t-il pas que tout d'un coup
on voit paraître un traineau, tel qu'on en voit dans
les pays du froid.

MM. le comte et le marquis ne furent ni fous ni
étourdis, et le firent approcher de mademoiselle Javotte, pour afin de l'y mettre : elle le voulut bien,
en riant.

Tout le monde faisait des acclamations de l'admiration qu'on avait de sa satisfaction : c'était une
foule, qu'on ne s'entendait pas de plaisir. Mais il ne
faut jurer de rien en amour ; c'est un grand Dieu
malicieux, qui nous élève souvent au plus haut som-
met de la fortune, pour nous précipiter dans les inconvéniens des pièges ; il prend toutes sortes de
couleurs pour nous tromper. On croit, à l'entendre,
que c'est tout sucre et tout miel, tandis que c'est
tout au contraire; puisque l'on parvient au malheur
affreux de s'en mordre les doigts pour toujours.

Mais laisssons la morale, et revenons à nos moutons. Sans s'en apercevoir, l'implacable ou incapable démon de la jalousie indigne s'empare de leurs cœurs et leur entre dans l'âme. La fureur les saisit comme d'intelligence. Mademoiselle Javotte croit qu'ils vont se battre à l'épée ; et elle en était d'autant plus inquiète, que cela fait du bruit pour l'honneur d'une demoiselle. Elle leur crie d'arrêter et, pour leur couper court, dit qu'elle veut retourner à bord. A peine a-t-elle proféré cette parole, que tous les deux, s'accordant ensemble à force de discorde, poussent le traîneau sur un endroit.de la glace qui était dégelé ; semblable à un air d'opéra, qui dit qu'il *aime mieux qu'un monstre affreux*, et le reste de la chanson.

Mademoiselle Javotte allait être noyée toute vive, lorsqu'un autre jeune étranger, qui se nommait ordinairement F***, et qui s'était déguisé à telle fin que de raison en matelot, à cause du canal, tire une corde de sa poche, s'avance hardiment, avec toutes les précautions du péril où il s'exposait, lui donne un bout qu'elle prend, et il la tire au bord. Elle raccommode aussitôt ses jupes que son évanouissement avait dérangées. Il la prit entre ses bras et l'emporta dans une maison voisine, qui se trouva là toute

trouvée. Il la mit sur un lit, qui était par hasard
dans la maison, et s'évanouit dessus à son tour,
sans pouvoir parler. On ne peut rapporter à quel
point ils se disaient tout ce que la tendresse est
capable de sentir dans des cœurs bien appris. Ce
n'était que des mots sans aucun ordre de suite,
tel qu'il convient dans un pareil accident. On entendait souvent, sans savoir qui, *j'enfonce, j'enfonce* ;
tant ils étaient frappés de l'image de ce qui venait
d'arriver. La belle ayant eu soin de mettre ses pieds
auprès du feu, le généreux matelot s'y jeta, en lui
faisant une déclaration en propres mots. « Mademoiselle, ce n'est pas pour me vanter ; mais il y a
longtemps que je guettais le moment fortuné que je
trouve aujourd'hui. Je ne donnerais pas dix écus pour
que cela ne fût point arrivé, puisque ça me procure
de vous déclarer ma passion, j'aurai l'honneur de
vous entretenir, si vous êtes aussi sèche que je le
voudrais ; mais la civilité veut que l'on coure au
plus pressé. »

Un discours aussi touchant était trop tendre pour
n'être pas pris du bon côté : ce qui occasionna que
mademoiselle Javotte répondit par un souris gracieux, dont il devina que l'interprétation signifiait

tout ce qu'elle pouvait dire dans cette occasion, et
l'enhardit à se découvrir, de façon qu'elle reconnut que c'était un seigneur anglais qu'elle n'avait
jamais vu, mais qui cependant lui avait fait écrire
plusieurs lettres *unanimes*, par le moyen d'une tante
qu'elle pouvait avoir, sur l'article de son amour, et
qui venait en France pour savoir ce qui en était,
pour afin que, si en cas il trouvait du retour, il pût
se comporter pour le mariage tout également comme
s'il eût été né natif de France. Sa générosité, qui
fut cause de la reconnaissance du service, était une
si grande preuve que son courage n'avait point eu
peur, dans l'excès de son amour, de la sauver en
dépit des dangers, qu'elle l'épousa par préférence
aux deux messieurs, tant le comte que le marquis,
qui s'étaient réunis en buvant dans le cabaret en bas,
sous prétexte d'entendre ce qui se passait en haut,
dont ils étaient la dupe, et qui les obligea à chercher
d'autres personnes à marier en particulier, tandis
que le seigneur milord et son épouse sortirent pour
aller s'établir à Londres en Angleterre, où ils joui-
ront bientôt des douceurs de la vie, ainsi que d'une
nombreuse postérité.

Cette histoire apprend fort aisément que, quoique

l'amour unisse le sceptre et la houlette, ce n'est pas toujours un moyen sûr de faire tout ce qu'on veut, à cause des inconvéniens ; ce qui a fait dire un bon mot à un fameux poëte de nos jours, qui disait en pareil cas : *Nage toujours, et ne t'y fie pas.* Cela pourrait encore faire voir qu'il faut bien connaître les gens avant que de les épouser tout à fait.

LETTRE

de M. Jacquinet, marchand bonnetier, à M. J***

MONSIEUR et cher compère,

Vous saurez que je me suis mis dans la connaissance des belles choses. Il est vrai que j'y ai toujours
été ; ayant, dès mon enfance, recherché la compagnie
des beaux esprits ; ce qui me faisait aller souvent à la
foire Saint-Germain, pour voir la belle Hollandaise
qui levait une enclume avec ses cheveux.

Il y a quelques jours que notre voisin M. Jacques,
vous savez qu'il faisait des éventails pour la gouvernante de M. Rollin, dont il s'aperçut, par la conversation de ce grand homme, qu'il savait aussi manier
la plume pour se faire mouler tous les mois dans le

Mercure en contes de fées. Il me proposa donc de me
mener au bout du Pont-Neuf pour me faire *délectriser;*
je songeai à y mener ma femme, elle veut savoir de
tout. Mademoiselle Rognon, notre cousine, voulut
aussi en être, ainsi que mon neveu, l'abbé Tricot. Nous
voilà arrivés. Nous voyons une grosse boule qui tournait, et à côté une petite verge de fer. On fait monter
ma cousine et l'abbé sur un boisseau. Qu'arrive-t-il,
mon compère? Voilà que la verge de fer touche,
comme un clin d'œil, mademoiselle Rognon, qui fait
un cri, se jette dans un fauteuil, et qui se met à dire :
Faut qu'on me marie, faut qu'on me marie. Vous savez
qu'elle avait toujours dit, quand on lui en parlait :
Fort peu de ça. Ayant trente ans passés sans avoir songé
qui ni qu'est-ce que le mariage : et depuis ce jour,
dès qu'elle s'éveille, ou le soir quand elle a bu un
coup de vin rosé, c'est toujours du mariage qu'elle
demande. Et l'abbé Tricot, me direz-vous? Oh! vraiment, il a bien sa folie aussi. La verge l'avait touché
au front, comme il se baissait pour la regarder ; eh
bien, depuis cela, il va toujours donnant des béné-
dictions de la main droite et de la main gauche,
disant qu'il est évêque, ni plus ni moins que le
clergé.

Voyez, mon cher compère, ce que c'est que de se faire délectriser. Avertissez bien votre épouse et votre grande sœur Babiche de n'en pas tâter; elles seront plus sages que nos voisines de la rue Mouffetard, qui, depuis l'ensorcellement de ma cousine, n'ont pas manqué d'aller prendre ce maléfice, dont elles ne se vantent pas; ce qui donne à croire qu'il faudra bientôt les exorciser.

Ah çà, mon cher compère, à l'honneur, etc.

MÉMOIRES

ET

RÉFLEXIONS

MÉMOIRES

ET

RÉFLEXIONS

L E rossignol chante toujours la même chose, cependant il plaît : c'est qu'il chante l'amour, c'est qu'il aime; en effet, rien se peut-il comparer au charme de la voix dans un cœur persuadé?

La vanité, pour se nourrir, ne voit que les objets qui sont au-dessous d'elle, bien différente de l'ambition, qui ne regarde et n'est occupée que de ceux qui sont au-dessus d'elle.

Le véritable amour est plus réservé dans le monde que la modestie elle-même.

Madame de Parabeyre me dit un jour, pour excuser un de ses changements : « J'en ai trouvé un qui m'aime beaucoup mieux que l'ancien. » Je ne pus m'empêcher de lui dire : « C'est qu'il vous plaît davantage. »

Madame du Deffant me disait un jour : « Les agréments des femmes font leurs peines; elles n'en jouissent pas. »

Monsieur le duc de Berry était un pauvre sot, ressemblant parfaitement à Monseigneur, celui qui fut la première victime de Monsieur le duc d'Orléans. Les discours de sa femme avaient fait de lui un composé fort ridicule, car il avait aisément pris les impressions qu'une tête aussi brûlante que la sienne était capable de donner à un homme qui, comme celui-là, n'avait jamais rien vu; mais cette femme dont l'histoire ne rapportera jamais ni la hauteur, ni l'orgueil, ni les vices, ne fit pas longtemps le bonheur de ce malheureux prince. Il sut, à n'en pouvoir douter, son commerce avec La Haye, son écuyer, et même il n'ignora pas qu'elle couchait avec son père [1]. Il en fit la confidence à madame de Maintenon, voulant la prévenir

1. Le duc d'Orléans.

auparavant que d'en parler au feu Roy. Il est même
assez vraisemblable que ces connaissances firent
avancer ses jours ; sa femme et son beau-père auraient pu le laisser vivre encore quelque temps ;
somme toute, il mourut, et le rapport des médecins
fut encore le même : il avait l'estomac percé, comme
son frère et son neveu. Ces poisons n'étaient pas fins :
celui de la Dauphine fut le seul qui fût un peu travaillé. On a toujours imaginé qu'il lui fut donné dans
du tabac par le duc de Noailles ; elle eut, en effet,
une douleur de tête qui ne la quitta point depuis le
premier jour de sa maladie jusqu'à sa mort. On peut
d'autant plus croire que le duc de Noailles avait servi
Monsieur le duc d'Orléans dans cette occasion, qu'ils
étaient infiniment liés, et que, dans l'affaire d'Espagne, quand l'un devait se mettre sur la tête la couronne d'Espagne, l'autre devait avoir la Catalogne en
principauté. Je sais cela très bien, et toute cette affaire
fut découverte par un cordelier que l'on a arrêté en
France. Cette affaire a tant fait de bruit, qu'on la
trouvera certainement écrite en beaucoup d'endroits.
Je ne la sais qu'en général, et point assez pour en dire
davantage.

Paris est une ville **charmante à beaucoup d'égards;**

mais ce qui redouble à mon sens les agréments de la
vie qu'on y mène, c'est que la nation française, légère et toujours occupée de ses plaisirs, produit fort
peu de ces gens sombres attachés à leurs affaires, et
très peu de ces atrabilaires que le gouvernement révolte, et qu'ils veulent toujours réformer. Un vaude-
ville soulage en un moment tout Paris ; il est capable
de dissiper la bile que les plus dangereuses sottises du
ministère peuvent avoir allumée. Tous ceux que l'on
rencontre sont gaillards, animés, empressés ; rien ne
languit en eux. Quelle est la cause de cette aimable
vivacité? Je n'en trouve point d'autre que celle-ci :
c'est que les femmes donnent absolument le ton à tout
ce qui se passe dans cette grande ville ; mais ce qui
me plaît encore plus à examiner, c'est de voir que tout
le monde ne marche et ne court, à quelque heure que
ce soit, que par rapport à l'amour, les uns pour aller
à leur rendez-vous, les autres pour chercher quelque
chose qui plaise à l'objet de leurs vœux, ceux-ci pour
obliger leurs amis dans la passion qui les occupe,
ceux-là pour rassembler une partie dont l'amour est
certainement le mobile et l'objet; enfin, jusques aux
vieillards de l'un et de l'autre sexe, je vois que le
même principe est l'objet de leurs courses. Quoi! les

vieillards? s'écriera quelqu'un qui n'est jamais venu à Paris. Oui, vous dis-je, les vieillards; ceux qui sont reconnus pour les plus sensés (car il y a du choix à faire) sont envoyés de différents côtés et déterminés par la jeunesse aimable. Je conviens que dans le nombre il s'en trouve quelques-uns qui ignorent eux-mêmes le sujet de leur démarche; mais enfin une jeune femme, une belle-fille, une propre fille sait employer une heureuse sortie, elle en fait souvent naître l'occasion pour la facilité d'un rendez-vous, enfin, pour tout ce qui peut avoir du rapport à la satisfaction des sentiments dont cette jeune personne est animée. Cette idée me charme en parcourant cette grande ville, elle égaye mon imagination et m'a fait souvent passer d'agréables moments.

L'amour est singulier à Paris. J'ai déjà dit combien il me paraissait l'objet de toutes les actions de cette grande ville; je suis bien éloigné de m'en dédire. J'aime cette passion non seulement parce que je suis Français, mais encore parce que je la regarde comme la seule qui puisse adoucir et perfectionner les mœurs, et que je pense comme celle qui disait qu'un homme qui avait bien aimé et dont le cœur était porté à la

19

tendresse était plus capable que tout autre d'être bon ami. Mais je veux que ce soit l'amour qui détermine une jeune personne à prendre un amant; je veux qu'une passion soit l'excuse de son procédé, et ce qui me révolte, c'est que j'en vois plusieurs qui veulent avoir un amant comme des guides de soie à leurs carrosses, uniquement parce que les autres femmes en ont. J'en vois d'autres qui, cherchant un amant, le regardent comme un meuble nécessaire, et sans aucune autre raison que le bon air et la mode. Je ne suis pas fort scrupuleux, mais ces procédés me révoltent; je veux ou de l'amour ou du tempérament; sans cela, je condamne.

Il est une autre sorte d'amour dont la méchanique m'a souvent amusé, c'est celui de nos princesses du sang. Difficilement peuvent-elles s'échapper qu'elles n'aient attrapé un certain âge; les surveillants les obsèdent, et si leur titre flatte leur vanité, il est très souvent à charge à leur cœur. Mais quand elles ont atteint ce bienheureux âge de vingt-cinq ans, pour lors elles se payent avec usure de la contrainte qu'elles ont éprouvée. L'amant le plus déclaré dans la ville, le plus avoué, le plus maître dans quelque maison que ce soit, est celui qui se trouve en charge quand les vingt-cinq ans sonnent: les grossesses les moins cachées sont celles de Leurs Altesses. Cet usage, autorisé par autant d'exemples, me paraît toujours nouveau.

L'expérience nous apprend que presque toutes les femmes du monde, quand elles ont passé le temps de la galanterie, ne pouvant soutenir le vide de leur cœur, prennent alors le parti de la dévotion, et qu'elles ont pour leur directeur toutes les attentions que d'ordinaire, et souvent par habitude, elles ont pour leurs amants; mais comme un directeur ne donne pas encore une assez grande occupation, elles ont grand soin de faire usage des plus petites pratiques de la religion. Voilà le parti que prennent la moitié des femmes qui, n'ayant point assez de force dans i'esprit, ou plutôt ayant été mal élevées, n'ont pu s'accoutumer à se suffire à elles-mêmes. L'autre moitié s'attache aux petits chiens, elles en deviennent esclaves, et leur importunité n'a point de bornes sur cet article, parce que tous leurs sentiments se portent à ces objets. La conversation ne roule sur aucun autre chapitre que celui de leurs manières, de leur esprit ; enfin la pla-

titude et les lieux communs brillent continuellement
à l'envi. Cette incommodité est grande sans contredit,
mais enfin, pour l'ordinaire, la société n'y perd pas
beaucoup. Les femmes qui ont de l'esprit ne sont pas
celles qui s'abandonnent à cet excès. La perte que
l'on fait est donc légère; de plus on en est quitte
pour faire les visites proportionnées au plaisir que
l'on éprouve. Mais ce qui me paraît choquant, c'est
la rencontre que l'on fait de plusieurs hommes qui,
ne pouvant se séparer de leurs chiens, les mènent avec
eux dans leur carrosse, pour leur tenir compagnie,
enfin, pour n'en jamais être séparés. Je ne comprends
pas quelle excuse l'on peut donner à l'aveu public
d'une telle faiblesse, et sans être misanthrope je crois
que l'on peut éviter pour cette seule raison de devenir
l'ami d'un tel homme.

Je crois que ceux qui sont extrêmement vains ne
sont que médiocrement amoureux, ou qu'ils ne le
sont pas longtemps. Car pour bien aimer il faut
croire que l'on a besoin de quelque chose que l'on
n'a pas, et n'être pas enfin si fort content de soi-
même. Par le même principe, je crois que les honnêtes gens fort amoureux ne peuvent guère avoir de
vanité. L'amour est une source si inépuisable de fai-

blesses grossières que pour peu qu'on fasse de réflexions en cet état il est difficile que l'on conserve,
quelque complaisance pour soi-même.

Comme on songe dans un gîte, suivant La Fontaine,
j'aime mieux y écrire. Le hasard peut donner une
bonne idée.

Les hommes, pour l'ordinaire, acquièrent les agréments, ou plutôt les mettent en pratique, à l'âge auquel ils s'évanouissent chez les femmes. Un homme
qui leur serait sincèrement attaché, dans leur jeunesse leur conseillerait d'occuper leur esprit pour les
empêcher de redouter la solitude, et de s'accoutumer
à ne se point craindre elles-mêmes. Il leur recom-
manderait en même temps de ne faire aucun usage
de leur savoir, dans les conversations générales, car
le meilleur est celui d'ignorer avec esprit. Mais l'article le plus essentiel et qu'elles ne suivent point assez, c'est celui de la probité. Une femme honnête
homme dans tous les points est un phénix. Il est vrai
que l'éducation qu'on leur donne ne les conduit pas
à la pratiquer. Leur genre de vie les en éloigne dans
leur jeunesse, qu'elles passent au milieu des plaisirs
et des faussetés ; la jeunesse s'évanouit et l'habitude

que l'on a prise s'établit dans le cœur. Une femme de beaucoup d'esprit (madame du Deffand) me disait l'autre jour avec un épanchement de cœur admirable : « Nous sommes toujours un peu fausses, nous autres femmes. » Hélas! il n'est que trop vrai! Quel malheur pour l'humanité de n'oser se livrer absolument à une société d'ailleurs si douce et dans laquelle on trouve autant de délices!

La qualité de l'occupation n'est pas nécessaire, et pourvu que le jour soit passé sans avoir rien à se reprocher, voilà l'unique point dont on se doive embarrasser.

Depuis longtemps je me lève sans avoir rien à faire et je me couche sans avoir rien à me reprocher.

Le caractère de M*** m'a vraiment plus diverti qu'aucun autre. Quand il a été quelque temps à Paris, il est plein d'airs sur les femmes, ses propos sont légers, il a l'air affairé, il est distrait quand il vous parle; en un mot, il est petit-maître. Quand il est revenu de la guerre, et qui plus est quand il revient de son régiment, il est grivois, il ne parle que des soldats de sa compagnie. Enfin, quand il a passé quelque temps dans ses terres, il ne parle que de chasse, de chiens, de chevaux, et des beaux droits de ses terres. Jamais homme n'a été plus caméléon ni plus promptement que lui; il l'est de bonne foi, car il ne s'en aperçoit pas, et se croit même l'homme du monde le plus constant dans ses goûts.

La jalousie la mieux fondée est celle qu'un homme prend d'un autre qui a été bien avec sa maîtresse avant lui. Dans les premiers moments de la rupture, il est constant qu'il règne une aigreur qui doit tranquilliser; mais quand au bout d'un certain temps on retrouve quelqu'un avec qui l'on a vécu, on connaît l'un et l'autre le chemin de son cœur, on est charmé de se retrouver, et souvent, sans le prévoir, le cœur se ranime, les désirs surviennent et, sans la moindre idée de débauche, on est très surpris de s'être oublié [1].

La Gaussin avait un amant, monsieur de Montmirel, avec lequel elle vivait depuis longtemps. Un homme fort aimable, contre l'ordinaire des Anglais, nommé Le Breton, en devint amoureux à l'excès et ne se contenta pas de l'avoir en second, et voulant l'avoir à lui seul, elle n'y consentit jamais par une nouvelle espèce de délicatesse, en lui disant : « Je

1. Aventure à ce sujet. (Note de M. de Caylus.)

vous aime, mon cher Breton, et j'aime mieux le ruiner que vous. »

Rien n'est aussi plaisant selon moi que les conventions générales. Je sens très bien qu'elles naissent des idées qui produisent un effet sur lequel on ne s'est point communiqué; mais en regardant les choses sans réflexion, on est surpris de l'unanimité de ces mêmes choses. Quand j'étais jeune, toutes les femmes pleuraient ordinairement après avoir cédé la première fois. Vingt ans après, cette mode a changé. Des idées de roman, de pudeur mal entendue, avaient apparemment mis dans leur tête celle de prouver à leurs amants que le sacrifice leur avait coûté, et que l'amour l'avait emporté sur leurs réflexions. Aujourd'hui les femmes n'aiment ni plus ni moins, et les pleurs sont retranchés, sans qu'il y ait eu la moindre ordonnance et le plus faible règlement.

Le roi Louis XV, étant amoureux de madame de Mailly, maria sa sœur à monsieur de Vintimille. Dans le temps que l'on était occupé de ce mariage, madame de Bauffremont s'échauffait dans son propos, et disait qu'elle était charmée de voir que le Roy mariait des filles de condition, et qu'elle était au désespoir de n'en avoir pas une. Madame de La Cour lui répondit froidement : « Madame, mais il faut en avoir deux. » Cette madame de La Cour était Caumartin, et dans cette famille ils ont eu depuis longtemps cet esprit de traits.

Madame de Carignan, plus intrigante encore que dévote affectée, alla voir la petite duchesse quelques jours après le bonheur que celle-ci avait d'être devenue veuve, et ne doutant pas qu'ayant eu une affaire avec Bissy, du vivant de son mari, elle ne fit usage de son heureux état de veuve pour avoir peut-être le Roy, elle alla la trouver, et sous un masque de dévotion elle lui dit : « Vous voilà libre, mais prenez garde à ne point offenser Dieu. Que feriez-vous enfin si le Roy devenait amoureux de vous? — Tranquillisez-vous, madame, lui dit la petite duchesse; je prendrai plutôt tout autre. »

L'on a beau dire, la raison n'est ordinairement qu'une espèce d'insensibilité.

Madame de Luxembourg, qui a eu si longtemps Pont de Vesle, soupant chez monsieur De Bay, fermier général, lui demanda le nom d'un homme qu'elle vit chez lui, et qu'elle ne connaissait pas. Il lui répondit que c'était La Popelinière, un de ses confrères. La dame, dont l'esprit est médiocre, voulant lui faire une honnêteté, lui dit quelques moments après : « Il me semble, monsieur, que je vous ai vu quelque part. — Cela se peut, madame lui répondit-il ; j'y vais quelquefois. »

Il est singulier qu'il y ait des hasards dans la réputation ; la maréchale de Villars en est une preuve. Elle a dit souvent qu'elle n'avait pas à se reprocher d'avoir jamais refusé personne. Cet aveu était sincère ; cependant elle a joui fort doucement d'une grande considération, et son décompte, tout étendu qu'il puisse être, car elle était grande et belle, n'est rien encore en comparaison d'une pension que Monsieur le comte de Toulouse lui faisait et dont elle a joui longtemps après la mort de ce prétendu prince. Ce trait et cette multiplicité d'affaires ne lui ont fait en un mot aucun tort dans le monde, pendant qu'il en est un si grand nombre qui se sont perdues par une seule et misérable affaire.

Rien n'égale, à mon sens, l'action d'un soldat au dernier siège de Philisbourg. On demande un homme de bonne volonté pour aller visiter le fossé d'un ou-

vrage, et l'on promet vingt louis. Un soldat se pré-
senta, et revint heureusement après avoir essuyé
deux mille coups de fusil, et rendit un compte très
exact et très fidèle de l'état de l'ouvrage et quand
on voulut lui donner les vingt louis, il les refusa.
« Que veux-tu donc? lui demanda-t-on. — Faites-
moi recevoir grenadier dans mon régiment, répondit-il à l'officier général qui commandait, car je suis
trop petit; sans cela, ils ne me recevront pas. » Je
doute qu'il y ait jamais eu une action plus belle,
plus désintéressée, et qui marque plus le véritable
honneur. La nation française en produit tous les
jours en ce genre : on les oublie, personne ne les
écrit. Ces traits qui font tant d'honneur à l'humanité
devraient, ce me semble, être un peu plus conser-
vés. Je suis sûr que la belle défense que Monsieur de
Broglie vient de faire dans Prague nous apprendra
des actions belles et généreuses, mais peut-être moins
que celle-ci.

Je me souviens, que Monsieur de Bellisle, dans le
temps de toutes les vilaines affaires qu'il a eues avec
Monsieur Leblanc, et qu'il fut déshonoré dans le public, disait : « Bon! dans ce pays la réputation re-

vient comme la barbe. » Un homme qui pense ainsi
est bien dangereux.

Un homme dont la poursuite importunait une
femme lui demandait, entre autres choses, son portrait; elle lui demanda à la fin le sien. Avec quel
transport le fit-il faire! Il le lui apporta avec un en-
thousiasme et une joie difficiles à rendre. Aussitôt
elle le donna à son suisse.

A la Cour on n'est en général amoureux que par
politique, jaloux que par grimace, ami qu'en apparence; la pitié y est feinte, la douleur étrangère.

La maréchale d'Estrées-Gramont passa à Issy dans
le commencement de la maladie du cardinal de
Fleury, et pour faire sa cour à l'Éminence, elle lui
manda que son cœur d'inquiétude en arrivant
avait fait pouf. Il lui fit dire qu'elle était bien heureuse que son cœur fit encore pouf, que le sien ne
faisait plus que ouf.

Madame la duchesse mère ayant dit plusieurs fois
à mademoiselle de Conti, sa petite-fille, qu'elle pouvait se promener dans le jardin avec mademoiselle
de La Guiche et autres jeunes personnes de son âge,

mademoiselle de Conti ne remuait point. Madame la duchesse, se doutant que la sévérité de sa mère était la cause de l'indifférence de la jeune personne, dit à sa mère : « Je ne vous ai point élevée comme cela, vous. — C'est à cause de cela, madame, » lui répondit madame la princesse de Conti.

TABLE DES MATIÈRES

———

Imprimerie Générale de Châtillon-sur-Seine. — A. Pichat.

www.ingramcontent.com/pod-product-compliance
Lightning Source LLC
Chambersburg PA
CBHW070207030726
47505CB00006B/1595

BIN TRAVELER FORM

Cut By: _John_ #3   **Qty** _37_   **Date** _07-14-26_

Scanned By: _____ **Qty** _____ **Date** _____

Scanned Batch ID's

_____

Notes / Exceptions

_____